吉本隆明　自著を語る

Rockin'on

装幀　中島英樹

目次

第一章

『固有時との対話』『転位のための十篇』

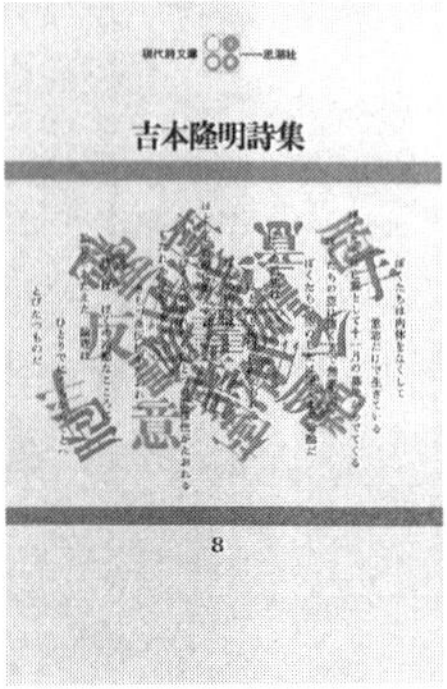

『固有時との対話』

1952年　私家版(その後『吉本隆明詩集』(思潮社)などに収録)

『転位のための十篇』

1953年　私家版（同上）

1951年に東洋インキ製造へ入社し、同社の研究室に勤務する傍ら、翌52年に私家版という形で発行した初の詩集が『固有時との対話』である。自らの「表現」を、そして自らの「生存」を可能にする「固有」の時間とは一体何であるのかという主題のもと、全編を通じ徹底した自己との応答が展開される極めて内省的な詩作。翌53年には『転位のための十篇』を発表。自ら「ぼくの〈固有時との対話〉が如何にして〈歴史的現実との対話〉のほうへ移行したかは、この作品につづく〈転位〉によって明らかにされなければならない」と記しているように、社会という「外部」へその思索の重心を傾ける決定的契機となった作品。

詩作の始まり

――今回は『固有時との対話』、それから『転位のための十篇』という初期の代表的な詩のことを中心にお話を伺えればと。まず吉本さんは、すごく小さい頃から詩とかそういう作品を書くのはお好きだったんですか。

吉本　喋るのが苦手で、どうも自分の言いたいことが人に通じてないっていう観念に襲われていて。それで、どうすれば人に通ずるかとなったら、やっぱり書いて、それを見せるっていうのが一番だと思ったんですね。まあその頃からクラスの仲間で文芸雑誌みたいなのを作って、そういうことはもう早くからやってたんですけどね。

――お友達の発言なんかを読むと、幼い頃から大学時代まで、吉本さんはわりとおとなしめな方だというような印象を皆さん語っているんですけれども。

吉本　そうですね、ええ。小学生ごろ僕はわりに秀才だったから、級長とかそういうのをやってたんですよ。そうすると胸のとこに記章をつけるわけですね。それが嫌で、半分ぐらいポケットに入るようにしてつけていましたね。初めっから、そういうところはあまり積極性がなくて、引きこもりがちっていうか引っ込み思案ていうか。それはあんまり、今も直ってないんじゃないか（笑）。

――ははははは。

吉本　性格ってそんなに簡単に直らないですよね。先生もむちゃくちゃなことを言うわけですよ。全校の生徒が集まってるとこで突然指名されて、「何か喋れ」って言われたりしてね。そうすると、全然喋りようがないわけで、だから何日か前に聴いたラジオの講談を覚えててね、それが思い浮かんだもんだから、それを喋った。だから先生だけゲラゲラ笑う（笑）。結局ね、先生も僕のそういうところを直そうっていう風にやらせてたんだと思うんですけどね。

――吉本は優等生で頭もいいし、絶対なんかあるんだから、ただ単にチャンスを与えればきっと変わると思われたんですね（笑）。

吉本　そうなんです。親父もそういうことをすごく気にして、やかましく言いましたね。お客さんが来る時も、出てきて挨拶しろとか言われたりして。でも、なんて言うかな、結局、心の傷になっただけで（笑）。

――なるほど。そういう吉本さんにとって、やっぱり詩を書いたり原稿を書いたりっていうことは、かなり安らぐというか解放されることだったんですか。

吉本　そうなんですね、その頃は解放感て言わないで、あの、自己慰安だって。上手く書けたと思うとまあ満足する、と。今でもそれは、「文学って何だ？」って言われたら、「それは自己慰安だ」っていうふうに、主体的には思いますね。

――で、特に若い頃の作品には詩が非常に多いんですが、いわゆる批評を書いたり原稿を書いたりするよりは、詩を書くことが一番自分の体温に合う感じだったんでしょうか。

吉本　そうですね。要するに戦争になって、もう学生時代から動員ですから、僕はどこかの工場に行かされて装置を作ったり工員さんたちと言い争ったり、そういうことをいっぱいやってたんですよ。そういう昼間の荒っぽい世界から静かなところへ行きたい時はやっぱり詩を書いて、ということが大きかったんでしょう。ただ戦争が終わった時、僕は大学があと一年残ってたんですけど、学校でまた勉強しろって言われたって、そりゃできない。いわゆる特攻隊の人が帰ってきて、どこかで会社に勤めろって言われたら、さぞかしヤだったろうと思うんですけど。もとの学生に戻れって言われたって、そう簡単にできないですね。それはやっぱり、特攻崩れみたいのと同じで、動員学生崩れっていう感じで（笑）。

――ははははは。

吉本　もう勉強する気もしねえやっていう（笑）。そういうことからもなんとなく気分的にも、内面的にも崩れていくし。あとはちょうどその頃ね、初代の全学連委員長の武井（昭夫）くんていうんですけど、彼らが僕らの学校にも回ってきたんですね。で、僕もその頃、（学生運動を）やるか、なんて思っていたんですけども、彼らと喧嘩になっちゃって。つまり同じ学生でも向こうの学生は子供だと思えるわけです。こっちは動員学生崩れになってるから、すぐ喧嘩になっちゃって（笑）。それで「俺はやめた！」ってなるんだけど、ただそれが会社行ってもその名残が残っててね。そういうことには知らんぷりしてたんですけど、労働組合に「おまえ、気っぷがいいんでやれ」とか言われてね。それで、そういう労組をやってるうちに、だんだん本性が出てきて（笑）。会社からは危険人物だと思われて僕はずいぶん飛ばされてたんですよ。会社にいられると困るっていうんで、母校の東京工業大学に長期出張を命ずとか言われて。だけど長期出張っていってもテーマなんか何もないんですね。

――一種の島流しですよね。

吉本　そうなんですよ。それでこっちもまたいい気になって。そういうふうに言うんなら俺のほうもさぼるからとか言って、もうろくに研究しないで。休んだり、映画観に行っちゃったりとかね。それでも給料貰って、いい身分だった（笑）。ただそのいい身分っていうのもまた、続かないんですよね。会社としてもこりゃいかんという感じになってきて、「再び本社勤務を命ず」っていう辞令が来てね。あ、こりゃ俺はもう辞める段階だと思いましたね。

詩的衝動との対峙

――ちなみに吉本さんは自分のクレジットに「詩人」とお書きになることがありますよね、「批評家」と言わずに。あれは吉本さん自身、意図的に「詩人」とお書きになるんですか。

吉本　いや、それはないです。自分で書く時には評論家とか文芸批評家っていうふうにしてくださいよって言うことにしてますけど。

――ああ、そうですか。編集者の側が詩人と書いていると？

吉本　そうなんです。元詩人ていう（笑）。

――ははははは。

吉本　やっぱり評論っていうと、何でも書いていいわけですね。ただ何でも書いていいやって思っているうちに、評論自体の中に自分なりの課題が出てくるっていうふうになって。もう、そっちのほうで追究することがあるぞ！っていう感じで。それから詩のほうは、こりゃあいくらやっててもダメだっていう（笑）。こんなことじゃあダメだと、一旦思いだすわけですよ。

――それは具体的にどのへんがダメなんですか？

吉本　それまでは無自覚に書いてたけど、やはり五年や十年書かないと、「俺、詩人だ」っていうふうに言うのは無理だと思ったんですね。たとえば詩人ということで言えば、昭和になってからだと、（萩原）朔太郎とかね。それからこれはもう天性の詩人て言うしかない、中原中也とか立原道造とか。ここまでは確実に古典なんだと思います。それ以降とかっていうのは、ちょっとまだ決まんないっていうふうに思ってますね。で、まあ、僕が考える詩人だと言ってもおかしくねえなっていうのは、田村隆一とか鮎川信夫とか、北村太郎とか。僕もそこのグループにいましたけど、そういう人はちょっと言えるんじゃないかなっていうふうに思いましたね。とことん理屈も知ってるし、書いたものもいいですから。でも、これが古典として残るかっていうと、やっぱり首を捻ります。たとえばあと十年、生活の面も含めて時間を貸してくれりゃ、俺はやっぱり詩人だっていうふうに、自分で言ってもおかしくないところまでやってやる、とは思ったけど、そりゃ到底不可能なんですよ。生活するのが大変だという問題が出てきて。もう、そこまで俺はやれねえっていうふうなことになってから、書くのは諦めたっていうかね。積極的じゃなくなったわけです。

――ただもともと吉本さんは詩をお書きになりたかったわけですよね。それは自分の内的な必然性があったからだと思うんですよね。

吉本　はい。ええ。

――僕は吉本さんの詩はやっぱり詩人の詩だと思うし、それがすごくエモーショナルで、僕らのような読者を打つわけですよ。ただ吉本さん自身の中で、「俺は萩原朔太郎や中原中也といったレベルまで行ってるのか」という内的な葛藤が表れて、「いや、俺がそこに達するためにはまた別のものすごいエネルギーと時間が必要なんだ」という認識はなかなか厳しいものだと思うんです。

吉本　ええ、ええ。

――そうなった時に自分の中の詩的な衝動というものが、要するに、蓋を閉じられてしまうわけですよね。それは自分の中で苦しくないものなんですか？

吉本　いや、それはもう苦痛で、いつでも溜まってる。今でも溜まってるわけです。それはちょっと解放しようがないんですね。

転換点としての終戦

──そこのところを時間軸を追って詳しく伺っていきたいんですが、まず吉本さんが十六歳、十七歳でいわゆる思春期を迎える頃、いよいよ現在著作として残されているような、ある程度の形を持った詩が出てくるわけですよね。その時にご自分としては、「あぁ、俺は詩人になるんだ」みたいな、そういうぼんやりとしたイメージはあったんですか？

吉本　あの、それはねえ、たぶん消極的にはあったのかもしれないけど。でもどうしても、専門の詩人になりうるとか、なれるっていう自覚はなかった。

――なるほど。でもやっぱり吉本さんには内側からの衝動があるから、書かざるを得ないものとして書く、というような形でその後も詩作を続けられるんですけれども。それで大学に入られた頃には、『固有時との対話』と『転位のための十篇』という作品よりは、もうちょっとオーソドックスな形での詩作がずっと続くわけですよね。

吉本　はい。

――それでひとつの大きなターニング・ポイントが、終戦ですよね。それまではずっと愛国少年で、それこそ戦時中の、戦地で死んだ人たちを追悼する歌であったり、それから幼い少年の気持ちで戦意を昂揚するような詩をお書きになっていますよね。

吉本　ええ、ええ、ええ。

――それが終戦を迎えて、吉本さんの中にものすごい、価値の大転換が起こるわけですけれども、その時から急に詩が変わりますよね。なんかこう、重くなりますよね。

吉本　はい。ええ。

――で、一九五二年の『固有時との対話』の前に、これは吉本さんの内的な葛藤がものすごく反映されているんだと思うんですけど、『日時計篇』という膨大な数の詩をお書きになりますね。

吉本　ええ、そうですね。

——ここで堰を切ったようにものすごくたくさんの作品が作られるんですけれども、このあたりの経緯を知りたいんですよ。要するに終戦を迎えて非常に厳しかった頃に、詩を書くことによって精神バランスを保っていた。というか、吉本さんのお言葉を使うなら自己慰安をなさっていたって考えてよろしいんでしょうか。

吉本　ええ、それでいいと思いますね。その通りだと思います。要するに現実と自分の内面を関わらせるということを、どうやったら実現できるのかわからなかったんですね。で、精神的にいくら思い悩んでいても、そこで詩を書くとわりにすっきりしたものが出てくるわけです。やっぱり『荒地』の人たちの作詩の手法を学んだことで、自分である程度の解放感を得られるところまではやれたと思うんですね。そしたらいろいろな詩の雑誌のほうでもなんとなく、僕を詩の書き手みたいなふうに遇してくれるし、金は入んないけど、何月号にどういう詩を書いてくれっていうような依頼が来るようになったんですね。だけど自分じゃまだ自分の詩が面白くなくてしょうがない。で、あなたがおっしゃった、むちゃくちゃ詩を書いた時期が来るわけだけど。それはね、やっぱりどうやったら自分がいわゆる詩人らしく、専門家らしく書けんのかっていうことを一生懸命、考えては書き、考えては書き、やったのね。

――まさに『固有時との対話』と『転位のための十篇』のスタイルを獲得するための習作期間というか、試行錯誤の期間という感じがしますよね。

吉本　そうなんですね、ええ。

■独自のスタイルへの到達

――それで、その後『固有時との対話』をお書きになった時には吉本さんにもある程度、「ああ、俺は人が書いてるようなものは書けないけれど、俺にしか書けないものはありそうだな」という手応えは絶対ありましたよね。

吉本　もちろんありました。そういうふうに思えたもんですから、親父から金借りて自費出版で出したわけですけどね（笑）。

――だからここで新しく使われている、非常に抽象的な言葉と概念と、それから詩的なテンションとが一緒になった、なんていうか、思想詩ですか？　そういう非常に独自なものが作られていくわけですよね。このテンションというのはものすごく高くて、いまだに私のような吉本主義者はですねえ、こういう詩を読んで興奮して（笑）、すごくエモーショナルに刺激されたりするわけですけれども。これは吉本さん自身がおっしゃっていたように、かなり意図的に作り上げられたスタイルだと考えてよいいんでしょうか。

吉本　ええ、そうですね。それは自分なりにできたっていうか、ある程度内側から納得していくような形で、それができるようになったなっていうことなんだと思いますけどね。

――なるほど。それで『固有時との対話』の次には『転位のための十篇』があるんですけれども、これは明らかに、『固有時との対話』で作られた吉本さんの詩のスタイルが、次のステージに上がりますよね。もう、吉本さんとしてはかなり手応えのある時期じゃないだろうかと思うんですけどね。
吉本　はっはっは。いや、そりゃ手応えっていえば手応えなんだし、また、ある程度、技術的にも内容的にも「これは作りもんのスタイルだよ」っていうふうに言えば言える、そういうものになっていったんですね。それで、それが通用するもんだから、ある程度はいい気になって書いたけど。
――かなりこれは読者を意識し、まあいい言葉かどうかわからないですけど、アジテーションとしてどう読者に映るかというのを考えられてますよね。
吉本　ええ。もう意図的に考えているし、方法としても意図的な要素が入ってきてるんですね。で、別な意味から言えば、やっと日本の詩壇に通用する、詩壇らしい詩が書けるようになったんだなあって。『固有時との対話』までは、「詩壇がどうだ、そんなこたぁ知らないよ、知ったこっちゃないよ」っていう感じで書いて、自分なりの納得があればよかったんですけど、だんだんそうじゃなくなって。だから苦労しましたね。それはもう、どうして俺はこんな荒っぽい現実に――町工場なんてのは荒れ放題ですからね。そんなところで労働組合のリーダーとかいろいろやりながら、どうして詩を書くとこうなっちゃうんだろうって思ってたんですけどね。その現実の荒っぽさにどういう処理の仕方をすると詩になるかっていうのが、だんだんわかってきて。かなり意図的に。

――というものなわけですよね。で、『転位のための十篇』の中には〈ぼくがたふれたらひとつの直接性がたふれる／もたれあふことをきらつた反抗がたふれる〉というようなな、それこそのちのち語り継がれて吉本主義者のバイブルになる言葉がいっぱい出てきてですね、明らかに労働運動、組合運動の心情を語っていますよね。しかもそれを非常に本音レベルで、リーダーとして活躍はなさっているんだけれども、やっぱり、実際の労働者と心が通じ合ってんのかというと、そうじゃないんだよと。「俺は絶望しているんだよ、実は」と。「ほんとは辞めてえんだよ」みたいな（笑）、そういうことも正直にお書きになっていますよね。

吉本　ええ。

――このあたりは、やっぱりこれを書いたことで自分の中で抑圧が取れていったという感じなんですか。それとも、これも意図的なものなんですかね。

吉本　いや、それはねえ、かなり本音に近いところでそういうふうに考えてましたね。

だいたいここらへんのところで、自分の現実に対する考え方の推移っていうのは、このやり方で表現すればできるんじゃないかっていうことが、ある程度確信を持てるようになって。それは政治的な宣伝とか先導とかっていうものかって言ったら、そういうのは嫌だったから、そういうふうには書きたくないし、書いてないつもりなんですけど。でも、読者を意識して書いてるっていう意味合いでは、もうかなり意図が入っちゃってる。なんか自分が子供の時から書いてきたような、そういう意味合いの詩っていうのはもう『固有時との対話』で終わりであって。あとはなんか、こういうふうにすれば現在の詩壇でも通用するし、自分なりの必然性と現実もある程度反映しながらできるだろうっていう感じ。それを「いい」と読んでくれる読者には、僕はそんなに悪い先導はしてないっていうふうに思ってるわけですけども。別な意味で言ったら、「こんなものを詩だと思ったら大間違いだよ」なんていうのはあるんですよ、僕ん中に。一種の党派の政治詩の少し気の利いたやつかなっていう読み方もできるんですね。

――いやいや、それは圧倒的な謙遜のしすぎですよ。これだけ思想的な要素と、現実的な労働運動の中における文学性を詩というスタイルにきっちり定着したというのは、後にも先にもこれしかないわけで。そういうものを作り上げたからこそ、すごく高い評価も得たわけだし。意図的っておっしゃいましたけれども、やっぱり意図的じゃない文学作品なんてありえないわけで、ここはすごい到達点だと僕は思うんですよ。で、ここから本当に先に行くことは、いくらでもできたと思うんですよね。

吉本　うん、うん。

詩人と批評家の葛藤

——でも、そこで詩人ではなく批評家の吉本隆明がちょっと勝つわけですよね。そこで「うーん、行くのかな、行かないのかな」みたいな、その葛藤っていうのは、正味なところどういうものだったんですか。

吉本　いや、それはですね、葛藤の問題……かな？　葛藤よりも、あれなんじゃないかな、僕には銭の問題だっていう（笑）。要するに生活の問題だっていうふうに思えるんです。たとえば中原中也でも立原道造でもいいんですが、なぜ彼らの詩は古典として残るのかといえば、僕はこの人たちの詩には、時代的な変化、あるいは現実的な変化が何も導入されていないこと、あるいは導入する気がなかったことがその理由じゃないかなあと思うんで。時代の変化とか現実の変化っていうことに、自分を揺るがせない。一種の厚みの中にちゃんと引きこもる、籠もることができたから、あるいは吸収することができてるから。だからこそ古典的な詩として、まず間違いなく生き延びていくだろうなって思えるんですよね。

――だから、銭の問題と吉本さんはおっしゃいましたけどそれを僕なりの言葉に翻訳すると、もっと生々しい言葉ですけど、才能ということだと思うわけですよ。自分の才能が何によって現金化されていくのかっていうところで、詩が現金化され得ないというか、それよりも別のものが現金化されてしまった。それは吉本さんの場合、批評ということですし、思想家としてのお仕事ということなわけですね。

吉本　はい、はい。

――僕は文学畑にいない人間だからすごく粗雑なことを言うとですね、吉本さんは『最後の親鸞』という、日本の思想史、文芸批評の中においても、古典として絶対的な存在だと言えるような、ものすごい作品をお書きになるわけですよね。それと『転位のための十篇』と、どちらが日本の文学史において大きな地位を占めるかというと、きっと僕は『最後の親鸞』だと思うわけですよ。

吉本　うん、うん、うん。

――その『最後の親鸞』によって吉本隆明はこれからも語り継がれていくんだと思うし、つまり吉本さんはそこに才能があったわけですよね。それを吉本さんはずーっと感じられながら、俺はやっぱり批評をやっていくし、文芸批評や思想的なことを書いていくことにおいて生きていくんだなあ、というふうに思われたのかなと考えるんですが、そういう解釈でよろしいんでしょうか？

吉本　はい。あの、つまり僕の主観だけでいくとその通りだと思うんです。ただ、もちろん偶然の要素とか、外からの要素とか、いろいろな要素が加わりますね。だから主観ばっかりで言うわけにはいかないところがあるわけですから。今、渋谷さんが言われたような言い方では、なんとなく、「おまえ、勝手なことを書いてるだけじゃないか」ってことになりそうな気がして。

――はははは。

吉本　もうひとつやっぱり、批評でなければ出てこないっていうような課題が、やってくうちに生まれてくる、そういうことはあったと思うんですね。それは何だろうなと思うんですけど、やっぱり現実の変化っていうことと自分の精神的な問題の動きが合致する点があって。テーマは親鸞なら親鸞でいいわけですけど、そういうものを辿らないと批評にならないよっていうことが、だんだん課題として出てきたっていうことは、あるんじゃないでしょうかね。

――そうだと思います。要するに吉本さんは小学校の頃から、内的な必然性であり、書かざるを得ないものとして詩をお書きになってきた。で、その後に批評家としての吉本隆明が、思想や批評でなければ表現しきれない課題に出会い、そちらに向かわざるを得なかったんだと。ただ、だからといって詩を書かざるを得なかった吉本さんの内的な衝動が、批評によって百パーセント昇華されているのかというと、まあ、そうではないのかなあと。
吉本　うん、うん、はい。
――で、これが今回一番訊きたいことなんですけど、その自分の中の詩人としての必然性と、今現在どう向き合ってらっしゃるのでしょうか。
吉本　はい。これはひとつ、典型的な例があるんですけど、たとえば小林秀雄っていう人が批評家であると、その本質はどこで言えるか。たとえば『無常といふ事』っていう古典論がありますよね。あそこであの人は自分の中の、僕よりも少なかった要素かもしれないけど、詩的な要素というものを批評と合致させることができたなって思えるんですよ。それでもし僕にそうやれって言われてもね、できないんです。どうしてかっていうと、つまり簡単に言えば資質が違うからだよって言えるけど、僕は批評じゃないもので批評を書こうという気持ちは起こらないんですね。そこはいくらがんばったって、自分は小林秀雄の批評のスタイルに到達できないよなあって思いもあるわけですけど、それじゃ今、自分の中にある詩的な要素、あるいは欲求というものをどうやって活かす道があるかっていいますと……。うーん、活かそうとしてることは確かなんですけどね。

でも、それはどこなんだっていうのが、僕は、今なおわかんないっていうか、うまく言えない。たとえば、小林秀雄みたいな意味合いで、批評と詩を融和させることで僕の欲求が成り立つかっていったら、それは成り立たんよっていうことも言えるわけです。そりゃいろんな意味から言える。才能の面からも言えるし、それから資質の面からも言えるんですけど、どうしてあの人はそういうことができたのかというと、要するに思想っていう面についてはあの人はないんですよ。この人は文芸批評をやるけど、やっぱり純粋文芸の徒だったというか。あるいは詩人だっていうか。詩だっていうか。だからこそ『無常といふ事』みたいなものができるんだと思うんですね。そういう意味合いで言ったら、同じ融和させるっていうようなことでも、いくら僕が文体を練ったって、推敲したって、ああはならないんですよ。「ならないのはおまえがまだダメだからだ」って言われりゃそれまでなんだけど。確かにあの人に対して感心するとこはあるんですけど。でも、僕はああいう形で自分の詩の欲求っていうのを融和させるっていうことはできないし、また考えたこともない。そこにははっきりと境界線があるっていうか、区分けがしてある。だけど自分は自分なんだっていうことには変わりないっていう。そういう意味合いでは融和できるはずなのに、それは明らかに区分けしてあるから、どうやったら自分を納得させることができるか。詩的欲求も、散文的・批評的欲求も、満足させることができるかっていうのはね、いまだにわかんないなあっていう。

現在の立場

――でも、一読者として言わせてもらいますと、吉本さんの批評文は、限りなく詩的ですよ。ものすごく詩的です。これだけ吉本さんの批評が多くの人に支持されて、読者をたくさん持ち続けているというのは、やっぱりそこが一番重要だと思うんですよ。吉本さんの批評や思想って難しいですから、僕なんかもよくわかんないとこがほとんどなわけですよ（笑）。それでもアホみたいに読み続けているっていうのは、吉本さんの批評文の中における、非常に詩的でエモーショナルな部分というのに刺激されて、それにくっついていってるんだと、僕は思うんですね。

吉本　うん、うん。

――たとえば『固有時との対話』なんていうのは、今の吉本さんの批評文と非常によく似ているんですけれども、ある意味ここででき上がった文体とスタイルは、結局、批評という形で今の吉本さんの表現活動の中に定着しているという感じがするんですよね。だから、そういった意味で、詩人・吉本隆明はいまだに我々の中で生き続けているし、詩を書かなくてもやっぱり吉本さんはある意味詩人であるというのが、僕なりの解釈なんですけどね。

吉本　いやあ、うーん、それはやっぱり好意的な解釈のような気がするんです。いや、なぜか俺は未だに、中原中也みたいな、とにかくもう現実生活が成り立たんようなところまで自分の作品としての詩を掘っていき、とうとう自分自身の生活すら、手あげるより仕方がないっていうところまで行っちゃった人に今でも惹かれるわけです。そういう未練がましいところがあるんですね。そうすると、自分なりのスタイルでこいつをなんとか自分で消化して、表現できるところまで持っていかないとおさまらんのじゃないか、と今でも思っているんです。だからそれはやっぱり、渋谷さんの言われるように好意的には言いきれないですよ。また、僕は自分自身に対する自己批評みたいなものの中で、どうしても、そこまで俺はできてないよって思っています。どこかで小林秀雄なんかとは違う意味合いでやれないかっていうことは、未だに課題としてありますね。それは分裂してるといえば分裂してるし、分離してるっていえば分離してる。ただこの分離っていうのがどっかでこう、合致する場所っていうのはあるんじゃないかっていう追求はやめるわけにいかんのですけど。それと以前に、フランスのポンピドーセンターかなんかに勤めてる日本人が来た時に、言われたことがあるんですよ。要するに、僕の原稿を仏訳するのに、「おまえの書いてることは、何を書いてるのかわかんねえ」って（笑）。で、僕がわかるように説明を加えて、こういう意図で書いてあるんですよって言うと、「ああ、それならわかります」って。でも、そういう説明したら、もう完全に味気なくなっちゃうんですね。それは好意的に言えば詩的な要素が文章にあるからってことになるけど、フランス語の論理整合性から見たら、わけわからんというふうになっちゃう。

——はははは。というか、僕なんかの解釈では、それは整理整頓することなんかで理解できるわけはないものだと。人類が何十億年やったって、そんなのはできるわけもないことだと思うんですね。

吉本　はあ〜。

──それを延々とやり続けていくエネルギーとテンションにおいて、それが思想的に人を打ったり、文学として感動させるとかいうことだと思うんです。だから『固有時との対話』は、やっぱりわけわかんないですよ（笑）。

吉本　はっはっは。

──ある意味、わけわかんないところがいいところなわけじゃないですか。

吉本　ああ、はい。

──でも、そこから何か伝わってくるわけですよね。それがもう、まさに吉本さんの本質なわけで。じゃあここで論理的に破綻してることや、単なる詩的な情緒だけに流れてることが書かれてるかというと、全然そうじゃなくて。ここにはこれでしかない必然性と、吉本さんの言葉をお借りするんだったら、不可避性があるわけですね。で、それとおんなじことがやっぱり批評文や思想文の中にもあるわけですよ。それを埋める作業を吉本さんは、ずーっと一生やられているわけで。じゃあそれを埋めきった奴がいるかというと、まあ、いやしないじゃないですか。だからそれの延々とした営為の中に吉本さんのお仕事はあるし、吉本さんが今おっしゃったことっていうのは、すごく本質的なことだと思うんです。それが、敢えて言うなら吉本さんの欠陥かもしれないけれども、同時に最大の魅力ですよね。

吉本　ああ、そういう風に、魅力ってしてくれるといいんだけど。このごろはなんか政治的っていうか時事的なことにもくちばしを入れて、やっぱりだんだんダメになってってんじゃないかっていう気持ちはありますね。だから渋谷さんの言われることはちょっと誉め過ぎとかおだて過ぎなんで（笑）。ただ、もう少しやる余地あるぞっていうか、考える余地はあるぞっていうふうに今でも思ってるから。底の底まで行きたいっていう、それが今の課題だっていうことはあるんですね。それはだから、あんまり誉めてもらうと、いい気になってくるんで（笑）。

第二章

『マチウ書試論』

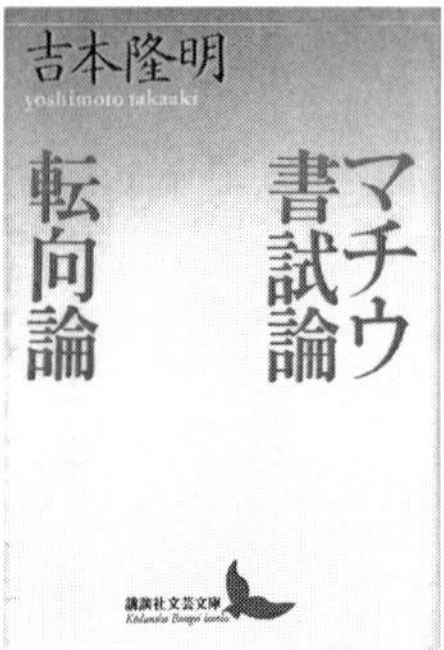

『マチウ書試論』

1954年　雑誌『現代評論』に発表（その後『マチウ書試論・転向論』（講談社文芸文庫）として文庫化）

1954年、奥野健男や日野啓三らと創刊した『現代評論』に「反逆の倫理——マチウ書試論」の標題で発表。新約聖書に収められているマチウ書（＝マタイ伝）を題材に、原始キリスト教がユダヤ教と相克する過程において描き出す特異な宗教的メカニズムを解明することによって、そこに現出した「攻撃的パトス」と「心理的憎悪感」を追求した論稿。「秩序にたいする反逆、それへの加担というものを、倫理に結びつけ得るのは、ただ関係の絶対性という視点を導入することによってのみ可能である。」という有名な一文に代表されるように、いわゆる「関係の絶対性」というその後の吉本思想の一翼を担う象徴的な概念が創出された。

新約聖書との出会い

――今回は『マチウ書試論』についてお聞きしたいんですが、まずはお書きになった動機から始めたいと思います。

吉本　はい。

――この時期に吉本さんがいきなり新約聖書についてお書きになる、というのはちょっと唐突な感じがするんですけれども、これはどういうことだったんですか？

吉本　僕はね、その頃新約聖書に凝ってたんですよ。凝ってたっていうとおかしいけど（笑）、九段の富士見町の教会なんかに行って、牧師の話を聞いたりしてたことがあるんです。それでどっかでひとつ、聖書に対する自分なりの決着をつけてみたいなっていうのがあった。それからもうひとつは、戦争が終わってしばらくしないうちに、僕にはこれから何をしたらいいかわからない、という感じがあったんです。結局文芸批評とかをやる場合に、誰をどうやって対象にしたらいいのかわからないっていうか、戦争中に特にこの人がいいって思った人でも、生きてる人はもう、戦争終わった途端に、自分の考えていたものと違っちゃうわけですよ。それぞれの個性によってでしょうけど、みんながこう、自分の思っていたものから飛び離れていっちゃうわけ。それから僕自身が、戦争が終わったからって急に変わるなんてのはけしからんていうかね、「俺はそういうのは嫌だ!」とか、そういう感情があって(笑)。

——なるほど。

吉本　まあ、戦争中っていうのは、学生の中での流行りは仏教なんですよ。仏教書を読み解くとか、僕も人並みにそういうの齧ったりしてたんですけど、そうじゃなければ神道だったんですね。で、その時は両方ともなんだか見るのも嫌になっちゃった。そうすると、もう他にはキリスト教と聖書しかないわけです。だから、結局戦争が終わったあとの数年間ていうのはキリスト教、つまり聖書みたいなものを読んで、これでなんか書こうかみたいな考えしかなかったんですよね。ただ、その時に旧約聖書ってのは要するにヨーロッパの思想の源泉であって、ちょっとこれは面倒だなっていうか、僕が取り掛かったのはもっとあとになったんです。だからその時はもう新約聖書しかなくて、「これだ！」って決めたんですよ。で、新約聖書の中で一番古いとされてるのはマルコ伝で、これは文章や言い回しが非常に素朴な福音書なんです。マタイ伝というのは後期の福音書なんだけど、よくできてるっていうか、そのほうが僕にはやりやすかった。専門家だったら、きっと一番古いマルコ伝がどうだって考えていくわけでしょうけど、僕はそうじゃないから自分なりに文学的に読むと、もうマタイ伝しかないっていうことになったんです。それで実際に教会に行って牧師の話を聞くと、馬鹿なことばっかり言ってるわけですよ（笑）。僕はもう「何言ってやがんだ、話にならん！」と思ってね、だから牧師さんから実際の影響を受けたとか、そういうことはないんです。結局自分で文学的に読んで、それで自分なりに書くっていう。でもなんか照れくさくてか馬鹿らしくてかわからないけど（笑）、あからさまに新約聖書のマタイ伝について書いてあって、主人公がイエス・キリストだっていうふうには書く気がしなかった。だからなんとか違う名前にすればいいと思って、マタイ伝はマチウ書、イエスはジェジュっていうふうに言い直そうじゃねえか、って自分で決めて、そういうふうにしちゃったんですよ。それでのちのちまで「おまえ、そりゃ発音が違うぞ」なんて悪口を言われましたけど（笑）。

マルクス主義への失望

——もともと軍国少年であった吉本さんにとって、やっぱり戦争が終わってしまって、それまでの価値が崩壊したっていうのは、もう、すべての根拠を失ってしまったということですよね。

吉本　はい、そうですね。

——その中で、もういっぺん自分の考えを再構築しなければいけないというところで、それが新約聖書であったというのは非常に興味深いんですけれども。マルクスに出会われたのは同時期だったんですか？

吉本　マルクスはもう少しあとです。マルクスの著作を『資本論』まで読んでいったのは四、五年後なんじゃないでしょうか。それまでは、ロシアのマルクス主義の文献とか、日本におけるロシアマルクス主義の文献は読んでるんですけど、これもだんだん、「これおかしいぜ」とか「馬鹿らしいぜ」って思うようになってきたんですよ。それから実際問題として、ソ連の戦争末期のやり方っていうのは、ちょっとえげつなかったんですね。

――ははは。

吉本　実際に知ってる人はみんなそう思ったと思いますけど、ソ連は戦争も終わり頃になってから参戦宣言をして中国東北部から国境を越えて入ってきて、なんか、略奪とかそういう悪いことばっかりしてたんですよ。だからロシアマルクス主義といっても実際問題これはお話にならねえやっていう実感もありました。で、本を読んでも、あんまり感心するのがないんですよ。日本だと敗戦直後、マルクス主義者はじめ左翼的な論調が旺盛になってきたんだけど、そういうの読むとねえ、つまり、どう言ったらいいんでしょうね……できてないっていうか。たとえば戦前に小林秀雄がマルクス主義者と論争して、彼のほうがよっぽどマルクス的な考え方をよくわかってるっていうか、マルクス主義者のほうが全然わかってないみたいな感じがあって。戦後すぐにそういう感じが蘇ってきたんです。ま、経済学的に言えば、講座派っていうのが共産党の主流、それで労農派っていうのがだいたい社会党系になってて、その頃その二つが蘇ってくんだけど、どっちにしても馬鹿らしくて読めねえ、みたいになってきたんですよ（笑）。

――はははは。そうなるとつまり吉本さんとしては、自分の軍国少年としての戦時中の思想が、たとえばマルクス主義によって解体されて、思わずポンと手を叩くような解答が得られるはずだったのに、それも得られなかった。

吉本　うん、そうなんですねえ。

――で、戦時中に読んでいた人たちの作品というのもちょっと距離ができてしまって、そういう宙ぶらりんな状態を論理的にも心情的にも支えてくれるものがないところに新約聖書があって、思わず熱中し、それを読み解く作業に入っていった感じなんですね。

吉本　そうなんですね。まあ、確かに熱中したんですけど、他にとっつくもんがなかったっていう消極的な理由もずいぶんあって。のちに旧約聖書なんかはきちんと考えて、少しわかったぞっていう感じもありましたけど、その時はもう、やたらに読んで、「面白いこりゃあ！」っていう文学的な面白さですからね。すごいこと言うなあ、なんていう感じがありました。でも、とにかくそれしか残んなかったっていうのも正直なところですね。

――ただ興味深いのは、最初におっしゃいましたけれども、教会に行かれたという。

吉本　ふっふっふ。うん。

――それはキリスト教の信仰的な雰囲気に自分自身も触れてみたいということを含めて、キリスト教の信者としての意識みたいなものもあったんですか？

吉本　ええ、信者になってもいいっていう意識があったと思いますね。もし教会行って、牧師がこっちにまともなことを言ってくれて、「ああ、これはいい！」みたいなふうだったらそうなったろうなと思います。そうなっても自分は一向に差し支えないっていうか。それでいいんだってふうに思ったと思います。でも、全然ダメだったんですね（笑）。

――ははははは。

吉本　教会では天国って実体的にあると思ってるわけですよ。で、聖書の中でも、つまんない言葉ばっかり喋るわけです。もっとすげえ言葉あるじゃねえか、「平和をもたらすために来たんじゃない、剣をもたらすために来たんだ」みたいなこと、ちゃんと書いてあるじゃないかって僕だったら言うんだけど、そういうことはちっとも言わないんですね（笑）。だから自分が信者になるっていうことをそこで遮断してしまって、自分の理解してるもんで行くよりしょうがないみたいな、そういう感じになりましたね。それでなんか説教が終わってから、こう、賛美歌を歌うわけですよ。どうせ歌えないんだからって黙って聴いてると、なんか照れくさいような言葉がいっぱいあって、俺の入る幕じゃないよっていう（笑）、そういう感じですね。こっちはナショナルな意識から入ってますから特にそう感じたのかもしれないですけど、それからあとはほとんど自分の考えと自分の好みでやったわけです。

宗教との向き合い方

――僕は吉本さんに関して不思議に思っていることがいくつかあるんですけど、『マチウ書試論』は吉本さんが一番シビアな状況に置かれている時に出会ったキリスト教という、大きな宗教なわけじゃないですか。で、親鸞についてのお仕事も、吉本さんの一番中心的なお仕事であって。

吉本　ええ、ええ。

――やはりそこでは浄土真宗との宗教的な出会いがあり、宗教との思想的な向き合い方というのが、吉本さんの一番大きな在り様なんですよね。

吉本　そうですね。

――では、なぜ吉本さんは信仰に入らないのか？というのは、非常に素朴な質問なんですが、私は素人だからシンプルにそう思うんですよ。たとえば、僕にはすごく意外な発言だったんですが、キリスト教の信者になってもいいんだよ、と思われたと。で、教会に行って、ちょっと違和感を覚えたということですが、それはそうだと思うんですよね。そこで真のキリスト教的な、宗教的な教義の展開がなされてるわけはなくて、それは吉本さんだってわかってるわけじゃないですか。

吉本　はい。

――それこそマルクス主義の最も正しい展開がロシアの社会においてなされていないのと同じように、ロシアの社会を見たからもうマルクスはダメだという、そういう断罪の仕方ではないわけですよね。

吉本　ええ。

――だから、教会で行われている宗教的な行為っていうのは、非常に歪んだキリスト教の理解で、これはいかんと。むしろ俺はちゃんとしたキリスト教と向き合いたいなあと思われて、『マチウ書試論』を書かれたわけですよね。

吉本　ええ、はい。

――それと同時に、宗教としてのキリスト教に対してもノーじゃないわけですよね。でも、それなのに「俺は信者じゃない」とおっしゃる。それはなんか、あまりにも簡単なんじゃないのかなあと僕は思うんですが。
吉本　いや、そりゃあ言葉で言えば簡単だけど、精神的にいろいろあったっていうことからすればあんまり簡単でもなかったんですよ。
――なるほど。
吉本　それはもう、マルクス主義に対してもそうですね。僕はマルクス主義の信者になってもいいと思って戦後は読んだり考えたりしてたんだけど、やっぱり「こらぁダメだ！」っていう感じでやめたんです。だから首の皮一枚ぐらいはマルクス主義者かもしれないけど、のちのちに自分がマルクス主義者とマルクス者は違うっていうふうに言葉を区別して使ってきたのも、やっぱりそういうことなんだと思います。それから僕は親鸞が好きだなあって思うけど、あの人はやっぱり、仏教自体に対して首の皮一枚でしか繋がってないですからね。坊さんに必要な戒律は全部やめてしまっているし、妻帯はする、魚・獣は平気で食う。「一念義」といって、極端に言えば一回念仏を唱えれば、それを心から唱えるんならあとは何にも要らないっていうふうに、自分の考えはもうそういうふうに決めちゃってるわけですよ。だからお師匠さんの法然が言うことにもことごとく背いてるんです。だから、僕は大きく言えばこの人は仏教、少なくとも日本仏教に対するとどめを刺した人だなって思ってますけど、それでも親鸞自体は宗教者ですし、ものすごい信仰者なんですよね。だから、そういう意味で言えば、僕なんかはとても信仰者じゃないですけど、最も共感できるなっていう意味合いではもう、親鸞なんですね。要するにこの人は自分でも非僧非俗、つまり俗でもないけど坊主でもないって自分で言ってますけど、彼が仏教徒なのかっていったら、それこそ首の皮一枚で（笑）。

——だから、吉本さんのすごく本質的な部分というか、たとえば誰よりもマルクスを読み解き、マルクスの本質にアプローチするが、マルクス主義者ではない。あるいは、これまでマタイ伝があれほどきっちり解体されて読まれたことはない、というほど聖典を読み込んでいるんだけれども、キリスト教徒ではない。

吉本　はい。

——あるいは親鸞に対してそこまで読み解き、誰よりも親鸞に対する共感がありながら、決して浄土真宗のいわゆる信徒ではないと。常にそういう、吉本さんの言葉で言うならば、首の皮一枚でつながり続ける。

吉本　ええ。

――これは、まあ、安直な言葉で申し訳ないですけど、吉本主義者であり続けるということですよね。

吉本　はい。

――それは吉本さんの基本的な思想的営為の立ち位置だと思うんですけど、その一番シビアなとば口がこの『マチウ書試論』であったという。

吉本　はい、そうですね。

■絶対的なものへの憧れ

――で、『マチウ書試論』にジェジュが悪魔からの三つの問いに対して答えるところがありますよね。これは要するに宗教がどう相対化されたかというか、マタイ伝における奇跡や信仰を信じることっていうのが、いかに思想的に強靱に、隙のないように作られているかっていうハイライトなわけじゃないですか。
吉本　うん、うん。
――だからちょうどここが、吉本さんがキリスト教の信仰ということと向き合っているというか、まさに三つの問いに一生懸命答えているという（笑）、そういう構造になると思うんです。だからここで、キリスト教がタフであるってことが証明されてるわけじゃないですか。
吉本　ええ。
――で、これは文学というよりも、むしろ宗教としてのタフさみたいなものを検証なさっているというふうに、僕は読めちゃうんですけれども。それは間違いですかね？
吉本　いや。そういう捉え方でも構わないんじゃないですか。たとえば戦争中も、僕は何のためだったら自分が死んでもいいやっていう理由になるか、根拠になるかっていうことをよく考えたんですよ。そして国のためっていうのはまあ、ありきたりの意味で言えばそうであるし、それから、親兄弟、友人でもいいけど、そういう自分に親しい人たちの無事と取り替えてなら死んでもいいかな、と。それでもうひとつは天皇ですよね。天皇っていうのは、今はまあ国民の象徴になっちゃったけど（笑）、その頃は生き神様で、そのためなら死んでもいいかな、と。それで僕はやっぱり天皇のためっていうのが一番ピンと来たんですよ。つまりこの生き神様たる天皇のためっていうのが、この命を取り替えるのに一番相応しいって僕は思いましたね。だから、今考えれば馬鹿馬鹿しいことなんですけど、やっぱり僕の中にもともとそういう宗教的っていうか、ある絶対的なものに対する、なんか……敬意というか憧れというか、そういうのがあったんじゃないでしょうか。だから今でも宗教ってのは、好きですって言うと何だかおかしいけど（笑）。僕の中に一種の宗教性に対する執着っていうのが、ずっと若い時から、戦争中からですけど、あったっていうことなんじゃないかな。つまり宗教的絶対に対するひとつの信頼が俺にあったからだって思えますね。

第三章

『高村光太郎』

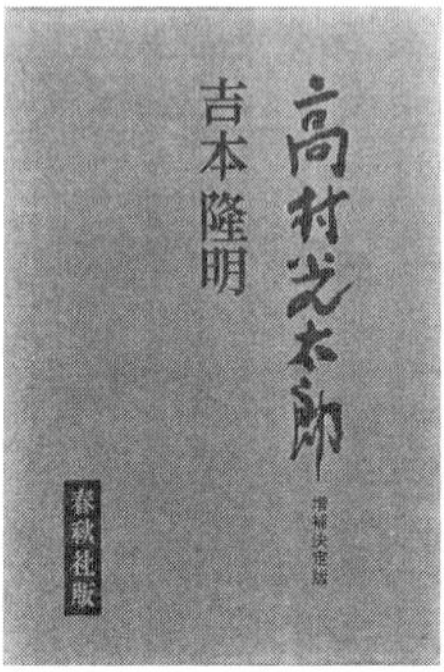

『高村光太郎』

1957年　飯塚書店（その後、春秋社より増補決定版が刊行）

彫刻や絵画のみならず詩においてもその才能を遺憾なく発揮した高村光太郎は、吉本隆明にとって全身全霊をもって対峙しなければならない詩人であった。西欧的近代と日本的土俗性の狭間で分裂する「個」、そして戦時中の熱狂的戦争翼賛から戦後の自省的な隠遁生活への強烈な落差――こうした高村光太郎の姿は、近代日本そのものが内包している「二重性」を表象するのと同時に、当時の文壇で盛んに議論されていた「文学者の戦争責任」の本質を考察する上でも重要なモチーフであったのだ。そしてそれはとりもなおさず、戦時中に「軍国少年」であった吉本隆明自身の問題意識とも呼応するのである。

戦犯者探しへの違和感

――今回は『高村光太郎』をやらせていただければと思います。この本をお書きになったのはお若い時期で、生活的にも困窮していて大変だったということなんですが。

吉本　ええ、いっとう初めにやりはじめた頃はまだ失業中で生活のしようがなくて、アルバイト先の特許事務所から翻訳の仕事をうちへ持ってくるとか、そういうことをしてた時だと思います。で、高村光太郎はもともと十代の後半から好きで読んでましたからね、何かこの人のことをもう少し調べてやろう、みたいになってきて。それで高村光太郎がよく若い頃に短歌とか詩とかを投稿してた『スバル』っていう与謝野鉄幹がやってた雑誌があるんですけど、それが上野の図書館とか早稲田の図書館だけにあるっていうんで、新庄嘉章っていう仏文の翻訳か何かやってた人に紹介状を書いてもらって、それを持って早大の図書館に行って。

――そうやってお金になるわけでもなく、失業中でもあるにもかかわらずこういう作品を書いたということは、やはり吉本さんの中にこれをやらないと前に進めないという思いがあったんですか。

吉本　あったんですね。それは当時の雑誌でいうと『新日本文学』っていうのが、戦争中の文学者の戦争犯罪人みたいなリストを作りましてね、それを発表して名前を出してたんです。そうすると僕が戦争中読んでたやつはみんな戦犯なんですよね（笑）。高村光太郎なんかも公然たる戦争詩っていうのを書いてた人で、まあ他の詩も書いてましたけど、意識してそういうのを書いたっていうようなことがあるから真っ先にそういう戦争の――。

――戦犯リストのナンバーワンになってしまって。

吉本　そうなんです、ナンバーワンなんですよ。だけどこっちは戦争中、その前からもあの人の詩っていうのは好きで読んでましたから、そうするとなんかこの『新日本文学』なんかのあげつらい方が気に食わないわけですよ。戦争中僕らが追いかけて読むほど優秀だった人はみんな戦犯だっていうことになっちゃってて、面白くないわけです。ただ高村光太郎は戦時中は積極的に戦争詩を書いていたんですが、戦後になると、つまりあの人の言葉でいうと「わが詩をよみて人死に就けり」っていうわけですよね。俺の詩を読んで死んじゃった人もいるだろうなっていう、そういうモチーフで一種の反省っていうか懺悔をしているわけです。

シンパシーの理由

――吉本さんは『新日本文学』なり『近代文学』なりいわゆる左翼系の、小田切秀雄さんが主体になってやったような文学者の戦犯探しにすごい違和感を覚えられた。で、ただ違和感を感じただけでなく、それはなぜ変なのかっていうのを論理的に証明していくところで、最終的には『言語にとって美とはなにか』で全く新しい批評体系を作り上げるところまでたどり着かれたわけですよね。

吉本　そうなんですね、はい。

――当時、高村光太郎論を書いていらっしゃったときに『言語にとって美とはなにか』まで吉本さんの頭の中にあったかどうかはよくわからないし、きっとなかったんじゃないかなあという気もするんですが（笑）、ただ、そこで高村光太郎という非常に戦争に対して肯定的であった作家の作家論を書いたと。これは文学者にとっての戦争責任というものを、いわゆる『近代文学』や『新日本文学』のような、その作家の手が汚れてるか汚れてないかという非常にシンプルな理屈ではなく、もっともっと根源的なところで批評していかなければいけないんだ、というテーマの作品になるわけですよね。

吉本　そうですね、モチーフは明らかにそうです。もうひとつは、たとえば一九六〇年頃の学生さんが僕に対して感じてたのと同じように、僕のほうは戦争中に傾倒してた人たちの書いたものをその時のものとして読んでるわけですよ。そうすると本当はご当人たちはもう長い間文学的なこともやってきて、それで戦争に入ってからどういうふうなものを書くようになったかという問題なんだけど、こっちのほうじゃもう真に受けたっていうか、本当に一生懸命「そうか、こうなのか」という感じで読んでる。そうすると戦後になってビックリしたこともあるわけ。これは俺ら表面だけしかこの人たちを理解してなかったたって気づいて、自分で検討したくなったたっていうこともあったんですね。それから高村光太郎の話で言えば、日本の文学者で敗戦で大まともに反省して籠もっちゃって、それで書く詩は反省の詩みたいなのばっかりっていう、そういう人はやっぱり珍しいんですよね。しばらく黙ってる人とか、翌日から「今度は文化国家の建設だ」って言う人とか、そういう人は他にたくさんいたんですけど。あの人の場合は、岩手県の花巻っていうところに宮沢賢治の弟さんがいたんですけど、そこへ移ったんです。僕は行ったことあるから知ってるんだけど、雪が特に多くて、もう年寄りなのにこんなとこ寒くてしょうがないだろうなって思うようなとこで、とにかく完全に身を隠しちゃったっていうか、もう自分でやりたい仕事もできないで、まあ畑で野菜を作ったりとか村の人が持ってきてくれるものを食べたりとか、そういう生活に移っちゃったわけです。そういうやり方自体もね、僕には興味深かったたっていうのはおかしいけど、なぜここまでやるんだろうなっていう感じですね。それもあって、そういうことでもう少し追究しなきゃって思いはじめたんですね。それに、戦争が終わったら僕は違和感も覚えたんです。つまりこっちはまだ体力的に若いから、戦争が終わったっていうんで安心感をもって平和でいいやとは思わなかったんですよ。だからもしどっかで反乱でも起こったら、俺はもうそこ行って死ぬわっていうふうに思ってたんですけど（笑）、そういう動きはね、軍人といえどもあんまりなかったんです。それでうやむやのうちに平和だ平和だっていうふうになっていっちゃったんですね。こっちはもう体力はまだあるのにそうだもんだから、高村光太郎みたいに引っ込んじゃってあれっていうこともないし、なんか俺も教養も何もないから、今度は当分音楽か何かのことを論じてとかね、絵画のことを論じたり関心を持ったりして過ごそうかみたいなね、そういう才覚は少しもないんですよね。そうするとこれはやりようがない、なんかつんのめったんだけど支えが何もないみたいなそういう状態になって。そういうところで高村光太郎っていう詩人が一番問題の多い人っていうか。わかんないところも含めて問題が多い人だっていう感じで。だから本当に僕が高村光太郎の彫刻なんかについても考えるようになったとかやるようになったとかっていうのはそれからあとなんですね。

敗戦の受け止め方

――吉本さんは戦前からずうっと高村光太郎の熱心な読者であって、この論をお書きになったときに『「道程」論』『「智恵子抄」論』『戦争期』『敗戦期』『戦後期』とそれぞれの章に分けて書かれていて、それぞれがそれぞれの表情を持っていて面白いんです。でも、やっぱり敗戦の受け止め方がちょっと吉本さん自身の温度と違いますよね。

吉本　全く違うんですね。

――そこで感じた違和感というのが、ひょっとするとこの評論をお書きになったひとつの大きな動機なのかなあと思ったんですが。

吉本　ええ、その頃は戦犯論議が盛んでそればっかり言う人と、もうそんなこと言われるのも嫌だし渦中に入るのも嫌だっていう人と、それからもう明日から文化国家だってすっぱりと変わっちゃう人と、三種類の人間がいて、どれもなんか違和感があって。つまり俺がものを考えてるよりもずっと複雑な経路を経てきた人たちだっていう感じと、こっちはただそのとき若者だったっていう以外のものはあんまりなくて、これは大分違うよなあっていう反省と違和感がありました。そういうのをちゃんと戦争中に言ってくれよって思うんだけど（笑）、それはやっぱり日本の文学者の全般的に持ってる弱点でしょうね。戦争中のもの読んだって、歴史がひとりでに浮き上がってくるような文学的な表現っていうのは滅多になかったんですね。まあ、そういう意味でも詩で言えば、高村光太郎が意識して書いた以外のものでね、戦争詩でやっぱりすごい読める詩があるんですよ。それいい詩ですけどね。だけど、全く顧慮もなしに歴史もヘチマもない戦争の記録だっていう、そういう詩も書いてる。たとえば他の小説家で言えば、真面目に一生懸命に日本の近代のことも書いて技術的にも文学的にも大変だった、横光利一なんていう人も、戦犯だっていう指定を戦後にされて。この人も自分の奥さんの故郷である山形県の鶴岡っていうとこに引っ込んじゃったんですね。最後の長編小説は『旅愁』っていうんですけど、これはいい作品で僕も一生懸命追っかけてたんだけど、この人は戦争が突然終わり敗戦になって、そこで進退窮まってしまったんですね。で、最後はこの人もいってみれば神経性の胃病で亡くなっちゃったんです。高村光太郎にしても、そういう周囲の文学状況からいえば隠遁しなくてもいい程度のものなんだって言えばそれで済むわけ。たとえばそれは武者小路実篤とか志賀直哉とかいう白樺派の人たちにしても、別に隠遁するほど責任を感じてたかといえば、そうではないんですよ。そこをあの人はもう過剰に意識して隠遁しちゃったっていう。そうすると、僕が今まで傾倒してた人は、もうなんか自分が考えてるより遥かに根が深いし、日本の近代社会そのものの模型みたいなものもその中に入ってるっていう。そこから一生懸命になったっていうことですね。

軍国少年であった自己との対峙

――僕がすごく面白かったのは『戦後期』の部分なんです。これは『高村光太郎』のまた解説のような意味合いを持っているというか、ここではもう高村光太郎よりもむしろ吉本隆明が語られているという構造になりますよね。なぜ自分が高村光太郎論を書くに至ったか、自分が高村光太郎をどう思っているのかっていうのが主要なテーマで、吉本さん自身が戦争に対してものすごく肯定的だったというか、ご自分でおっしゃっているように、いわゆる軍国少年だったんだと。で、その吉本さんが敗戦と向き合ったときに、すっかり価値観が引っ繰り返ってしまった現実とどう向き合うのか、その一番いいモチーフとしてやっぱり高村光太郎という人が必要だったんだ、と正直にお書きになっていて。

吉本　はい、そうですね。

――また、もっと深く突っ込んで、もはや僕にとって高村光太郎はだんだん重要じゃなくなってきてるっていうところまで書いていらっしゃいますよね。現実的にこれ以降、たとえば親鸞にしろ宮沢賢治にしろ何度も何度も吉本さんの中ではテーマとして取り上げられますけれども、高村光太郎はある意味ここで終わるんですよね。これはすごく興味深かったんですが、やはり自分なりにここまで書いちゃったほうがいいなあという感じだったわけですか。

吉本　ええ。言いたいこととか、違和感とか傾倒っていうことも含めて全部書かなきゃちょっと終わりにならないなっていうのはありましたね。だからもうこのぐらいでやめとけなんていうことも（自分の中に）随分ありましたけど、そこまでやっちゃわないとどうも完成したっていうか、一応言いたいことは全部言った、みたいな感じが僕の中で出てこなかったんですね。高村光太郎のように自分が隠遁する理由っていうか、あるいは根拠みたいなものが残らなかったんですね。年齢的にも体力的にも、隠遁して終わりにするなんて、そう簡単でなかったんだよっていう。ただ高村光太郎のやったことを真っ当だとすれば、もう本当に隠遁するっていうやり方でやった人はこの人だけなんです。一方で昭和天皇の場合、戦争のときは大元帥ですからね。つまり大元帥ってことは戦争のために軍隊を動かすことについて内閣の承認は要らないんですよ。ただ戦後になると、平和の象徴となるわけで。そうやって一身にして二世を生きるっていうか、二つの世を生きるっていうね。僕もそれと同じで、戦争中は最右翼のような民族主義的な軍国少年だったのに、戦後は左翼の最先端みたいな顔をしてると言われましたよ（笑）。村松剛とか、そういう人に。彼らは戦争中もリベラルな人だったんでしょうけど、そういう人から戦後にそういう批判はされました。お前は何だったんだって。ただ僕は要するに隠すことはしないんです、隠す理由がないって思ってるからしなかっただけで、俺が軍国少年であって戦後はなんか左翼面してんじゃねえかって言われると、そのとおりだなあ（笑）。僕は平和的じゃないですけど、戦争中は右翼で戦後は左翼面してるわけです。それを高村光太郎的に考えれば、お前はもう引退しなきゃいけないんだっていう。戦争終わったときに引退すべきだったんだっていうふうになるんだけど、それが身体的にというか、そうならないまま生きてきてしまった。ただ生きてるんなら、その生きてる理由をどこかで根拠づけなきゃいけないっていうモチーフが自分の中にあったんですし、それはやっぱり高村光太郎にもありましたよね。

未発表の手紙

――で、順を追って見てみますと、ほとんどのテーマは最初の『「道程」論』で出てきてますよね。

吉本　そうですね。

――そのテーマの展開として『「智恵子抄」論』があって、なぜ高村光太郎は常に自分の二重性を抱えながら壊れていってしまうのかっていう、その基本的な吉本さんの見方が全部きっちり筋道が立って証明されていくわけですよね。で、『「道程」論』と『「智恵子抄」論』で展開されている、なぜ高村光太郎は非常に戦争に肯定的で大政翼賛的な詩を書いて、しかもそれは時節に合わせてというよりはほんとに心の底からそういうふうに書いたのか、というところで非常に鋭い分析がなされているんですよね。

吉本　要するに、高村光太郎は父親である彫刻家の高村光雲に象徴される日本的なるものと、それから留学体験で学んだ西洋の世界的な普遍性の両方と向き合ったときに、そのずれを解決しないいまま、自覚的なのか無自覚的なのか両方の要素にずうっと人生を支配され続けることになってしまったんですね。で、そうして常に分裂したまま作品活動や人生のすべてをやることによって、高村光太郎という優れた表現者が生まれたんだという。で、こうしたテーマは高村光太郎の未発表の手紙の束を発見したときに浮かんできたことなんです。これを見つけたとき、やっぱり自分にとってはこの問題を掘っていけばある程度この人の生涯っていうのはわかるんじゃないかなあっていうきっかけになりましたね。しかもそれは多分相当よく当たっていたという。たとえば高村光雲っていう人は木彫が多いですけど、この人の作品で宮内庁御買い上げの、『老猿』っていうのはちょっとやっぱり技術的にいったら高村光太郎よりも上だし、日本の近代彫刻家でこれだけの技術的実力を持ってる人はいないよって僕は思うほどいい彫刻なんですね。だけど本当は、それは芸ではあるけど西欧的な意味の芸術かなっていう段になると、それは問題だって思います。だから自分が西欧的な意味での芸術っていうのを求めてるんだっていう、そういう葛藤は父親との関係性の中でやっぱり高村光太郎にはいつでも相当重たくのし掛かってたんじゃないでしょうかね。それが出さずにしまっていた手紙の一束で、見つけたときに「ああ〜、こういうのか」っていう感じで、これはこの人の生涯のモチーフになったろうなっていうことでなんか作品が終わりまで書けるっていう感触が得られたんです。それでまあ、もちろん渋谷さんのおっしゃるとおりで、そこまではお前書かなくてもいいんだよっていうところまで書いてしまっているのは（笑）、それは余計なこったっていえば余計なことだけど、それはやっぱり僕の特徴なんじゃないかな（笑）。

評論家としての出発点

――今お話しいただいたようにこの高村光太郎論の基本的な骨子は、やはり父親の光雲という巨大な存在に象徴される非常に日本的なるものと、それから光太郎自身が留学して表現から思想から体験した、いわゆる世界史レベルのものとのずれなんですよね。

吉本　つまりそういったずれをずうっと引きずりながらそれをどうすることもできないまま生き続けていくことによって、高村光太郎の中に智恵子との不幸な結婚生活、他者との関係性における破綻、それから戦争が起きたときの非常に肯定的な発言や心情過多というような混沌が生まれていくんですね。そういったことが、この人の作品の中ではそれほど明らかになっていないんだけれども、発見された手紙の中ではこうした切り裂かれていた自分が明らかにされているんです。そしてこうした高村光太郎の姿は、この人のみならず日本の近代が持っている分裂した状況そのものというか。なんかそれが僕自身の問題に入ってくと今度はいろんなテーマに分かれていって、敗戦の受け止め方にしても僕は高村光太郎に違和感を感じたっていうふうになってるんだと思います。ただ晩年の高村光太郎の隠遁生活、そこの問題は未だに自分でもわかんないし、自分がそういう高村光太郎的なところにいたとしたら、隠遁するっていうとこまでいったかっていうと、それはちょっと疑問だよっていうことは未だに残ってて。それはこれからまだ解決してないテーマだっていう気がしますけど、その心残りを除けば大体そこでのちの自分自身も全部言いつくされてるっていう感じはしますけどね。

批評とエモーションの間で

――で、吉本さんがお書きになっているように、要するに高村光太郎が日本的なるものと国際性の中で切り裂かれながらすごく軍国主義的なところになだれ落ちてしまったとするならば、たとえばそこで吉本さん自身が向き合おうとなさっていたのは、じゃあ吉本少年はなぜ軍国主義になってしまったのかという、そのテーマだと思うんですね。

吉本　そうですね。

――たとえば、高村光太郎は父・光雲に縛られた自分自身を対象化する国際性というのを自分の中に獲得して分裂したままゴロゴロ転がっていくわけですけれども、吉本さんの場合は国際性のないまま、つまり光雲しかない状態のまま軍国少年になってしまったわけですよね。で、これは僕なりの吉本隆明論なんですけれども、吉本さんっていうのは基本的にものすごく批評的なる自分と、ものすごくエモーショナルで何かを信じたい自分と、その二つの振幅の中で常に揺れてらっしゃると思うんですよ。で、最終的には批評的なる自分が勝つんですけれども、動機づけとしてはやっぱり何かしか突き動かされるような、天皇のために死ぬんだと思った自分、あるいは最終的にキリストを信じるんだと思った自分というようなものが常にありますよね。そのバランスの中に巨大な思想家・吉本隆明がいるわけなんですけれども（笑）、ただ戦時中はエモーションしかないわけですね、吉本さんの中には。

吉本　ええ、ええ。

――そうした中における吉本隆明の非常に危険な軍国主義的な資質っていうか（笑）、それがすごく突出してたって解釈していいんですかね。

吉本　いいと思いますね。そういうことはもうちっとも遠慮なく解釈していいのであって（笑）。だから、その頃どういうふうに自分がそういう状態になって、いいも悪いも全部、社会も国家もそういうふうにだんだん追い詰められてきたのか、そういうことが最近の僕の相当切実な課題にもなってますね。で、やっぱり平和な戦後六十年って言いますけど、ほとんどそのどん詰まりみたいなところに今はあると思いますから、もしかすると自衛隊は正規の軍隊で、それでもし戦争状態になればそれは出掛けていくんだとか、国内で戦争するんだって公然と合法的にそうなるかもしれないなっていう状態がまた、一種の平和の最後っていう感じで僕の中に渦巻いてます。つまり今の政府の人たちは国民の主権っていうことは全然もう捨てちゃってるか考えていなくって、このまま普遍的な国際性に滑り込んでいけるって思ってる気がするんですよ。で、そこにくると僕らは逆にそういうふうに持っていっちゃダメなんだよって思うけど、もはや共産党は抵抗しないし進歩的な文化人は抵抗しないし黙ってるだけで、ちょうど戦争に入った時とか、それと同じになってるじゃないのっていうのが僕の今の感じ方ですね。これは若い人に訊いてみると、このまま国際性の中に滑り込めるっていうふうに思ってる気がするんですよ。それはやっぱり戦後っていうか戦無派の現在の若い人たちにも、そんなことばかり言ってたって、その理屈が通らなくなったらどうすんだっていう課題が突き付けられてくるっていうことだと思いますね。で、僕もやっぱり自分なりに追い詰められた時に俺はどういうふうにできるんだっていうことはやっぱりやらないと、それを考えざるを得なくなっていくだろうなっていう感じがするんです。そこは今ものすごく問われてることのような気がしますね。そんな時に高村光太郎でもないし小林秀雄でもないし横光利一でもないし保田與重郎でもないしっていうふうに、自分なりの考えに即しながらそういう道を自分で開いていけるかっていうことはもう僕自身の重要な課題で、そんなことはもう戦後すぐにわかってたわけだけど、だんだんだんだん客観的な意味合いでもこれはちょっと追い詰まってきたなって感じがする。多分今の若い人たちはそんなに切実にそうなってるとは思ってないかもしれないけど、僕の判断が正しいっていうか正確だとすれば、本当は戦前と同じで相当追い詰められているんですよ。だからそういう見方をすると、テレビを見ててもね、この頃は食いもんとお笑いしかないんですよ、極端に言うとそれが一番多い番組なんです。それもはっきり言ってロクな内容ではない。それは戦争中と同じでね、でももう笑うより仕方がないっていうかね（笑）。

――だけどやっぱりそうやって本当に戦前を知っている吉本さんから言われると、なんだかほんとにいや～な感じになるんですが。

吉本　なるでしょ（笑）、そうなんですよ。

第四章

『芸術的抵抗と挫折』

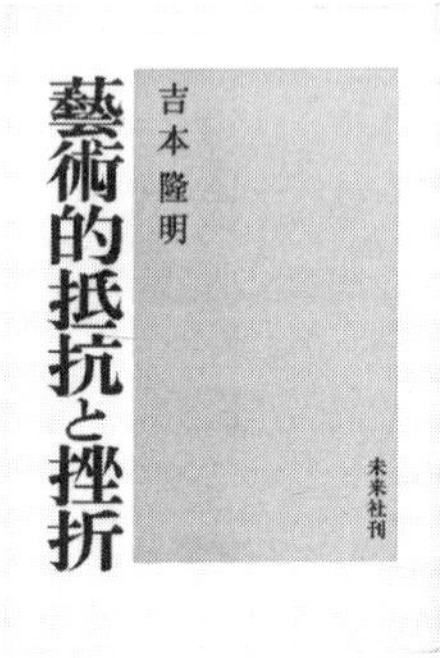

『芸術的抵抗と挫折』

1959年　未来社

『高村光太郎』においても提起された「文学者の戦争責任」問題を、昭和初期に展開された一連の「プロレタリア文学運動」の分析を通じてより立体的に追及した論稿。「芸術的抵抗の最前線にあった『前衛』的プロレタリア詩は、『超』絶対主義体制の下で、完全に日本の庶民意識に同化したばかりか、或る部分は、『超』絶対主義の『前衛』となって再生せざるをえなかったのである。」という運動そのものの批判的検証は、当時の「日本共産党」や「新日本文学」が主導していた党派的性格を帯びた極めて画一的な戦争責任追及に対する、痛烈な批判でもあったのだ。

■アリバイ論への不満

――今回は『芸術的抵抗と挫折』を中心にお話を伺おうと思っております。

吉本　はい。

――これは、いわゆる『高村光太郎』から始まった戦後における文学者の戦争責任の問題をより突き詰めた形で吉本さんがお書きになった論文だったわけですけれども。要するに、吉本さんの戦争責任ということをどう捉えるのかっていうのが基本的なテーマであり、モチーフであったというふうに、私はまず理解してるんですが。

吉本　それで結構だと思います。まあ日本共産党とか、進歩派って言われてる人たちの、主な一番眼目である、要するに日本の戦争は侵略戦争であって、まあ毛沢東流に言えば、戦争には正義と不正義の戦争があるそうだけど（笑）、その不正義のね、戦争であったと。だからこれに抵抗した政治家が一番偉いんだっていう話ですよね。そういう人たちの考え方を中心に、戦後の歴史が始まったわけだから当然そういう考え方も定着していくわけです。ただ僕は恨みがましくも、それに納得しないっていう。何故かって言えば、まあ身近で言えば肉親もそうだけど、僕の兄貴なんか戦死したっていう、そういうのがあるし。学校で1年上の奴は特攻隊で死んじゃったとかさ。また大きな話で言えば、第二次大戦で相手国も数に入れれば、100万人単位で死んでるわけでしょ。それを全然なくしちゃって、つまり何も言わないで、それで戦後の歴史を作ろうなんてのはもってのほかだっていう、根本的な反感があって。ただそういう考えは、結局恨みがましいともともとられたし。「あいつは反共なんだ」というふうにもとられたり。そういう意味でも改めて何が芸術的な抵抗で、何が挫折だったのかっていうことをもう少し前のほうから、つまり太平洋戦争までいく前のところ、日中戦争ぐらいから検討していかないとこれは始まらない、あるいは反論にもならないということだと思いますね。

――そうですね。ですから、戦争責任がいわゆるアリバイ論になっていて。戦時中に戦争に反対したか反対しなかったかっていうような単純なアリバイ論で言うならば、たとえば戦時中軍国少年であった吉本隆明は有罪になっちゃうわけですよね。
吉本　そう、いつでも有罪（笑）。ただ確かに軍国主義にやられちゃった時点ではダメかもしれないけども、その間牢獄に入ってた奴らは偉くて、その人たちにこそ全ての正義があるっていうのは、どうしても納得できなかったんですね。たとえば「天皇陛下万歳！」って言って死んでいった特攻隊員や、あるいは戦争に対して肯定的に日の丸を振った庶民が全部有罪者だっていう、そういう断定は、やはり戦後というものを考える上で有効じゃないだろうって。今になって考えると当たり前のことなんですけれども、当時はなかなかそういう発想はなかったわけですよね。で、僕はわりあい最初の頃に口火を切ったんですけど、いつでも反論されることは、「お前は軍国少年だったんだから、お前が一番責任があるんじゃないか」みたいなことを言われるわけ（笑）。軍国少年だったんだから、そういうことを言う資格はないとか、戦争責任がどうだとかっていうことを論ずる資格がないっていうことを――確かにそう言やその通りだけどある時代にある人間が生まれて、青少年だったっていうことは、自分の責任じゃないわけですよ（笑）。それから牢屋に入ってた人が偉いって言うけど、それは何もしてなかったじゃねえか、入っていただけじゃねえかっていう不満もあるわけですよね。そんなこと言ったって日本の近代っていうのは軍国主義で発展してきたわけだし、それを全部ひとからげにして否定するってことは、日本近代史を全部否定することになるんじゃないかっていう。それで日本の近代を検討しなきゃいけないっていう課題を、自分が持ったんですね。そういうことと、自分が軍国主義にひっかかったって言いますか、陥った穴ぼこっていうのは、一体何なんだと。僕にとって言えば、ひとつは天皇制なんですよ。明治以降の天皇制っていうのは何なんだっていうのを、検討して確かめなきゃいけない。確かめて、自分なりに、確実にこうだって言えるまで研究しなきゃいけないっていう問題と。それから文学事情で言えば、日本の近代文学はどうして戦争になったらみんなで「戦争バンザイ」になっちゃったんだっていう、そういうことも自分なりに検討して確かめないとっていうのは、戦後の自分の課題だったんです。

――そうなんですよね。

吉本　で、戦争責任が盛んであってもね、俺に戦争責任なんかねえっていうのが僕の論理だったんですよ。これへの反論はね、お前は軍国主義を肯定して戦争やれやれって、それはおかしいじゃないかっていう。それはリベラルな人の言い分がそうなんですよ。思えば軍国主義でお前みたいな奴ばっかりいたわけじゃなくて、俺みたいなリベラリストもいたんだっていうのがそういう人の反論の根拠なんですよ。そうすると、「ああ、その通りです」って言うよりしょうがないんですけど、だけどあなたはあなたで、確かにリベラルな考えを持ってたんだろうけど、ほんとは恐かったんだろう、戦争行くのが嫌だったんだろうとか、そういう反論がこっちから出てくる。で、それはもう水掛け論になってケリがつかないわけです。俺はたまたまその年代に生まれてたっていうだけで、その年代の、まあ指導者でもいいし、天皇でもいいし、日本国でもいいけど、その指令通り、命令通りの行為をしたっていうだけであってね。そんなことに俺が責任あるって言われてもという感じなんです。大体、自分自身の「責任」なんて言い出したら、俺は逆に自分を高く評価することになっちゃうと。そんな大物じゃなかったよっていう(笑)。で僕は、つまり誰のために死ぬか、誰のためなら死ねるかみたいなことをやっぱり考え詰めるわけですよ。学生でね、考え詰めて。そして結局国のためっていうのもあんまり納得しねえし、まあ親兄弟のために犠牲になって死んでもいいやっていうのもあんまり、それほど十分納得できんと。結局やっぱり、天皇陛下のためっていうのが一番納得できるわけですよ。つまり明治憲法に則って、絶対神聖なもんなんだっていう教育を受けてるし、自分ならこれなら絶対性があるから、これのために死ぬっていう結論を僕は出した。だからはじめて自分なりに納得するっていう。天皇制って何なんだっていうのをね、これだけは俺もとことんまで追究してやるぞっていう、研究してやるぞっていうふうに思って。まあそれは随分時間がかかりましたけど。でもまあ僕なりに最終結論まで追究したつもりでおりますが。

新たな批評機軸

――で、『芸術的抵抗と挫折』っていうのは、そういう安直な戦争責任批判に対する吉本さんの反論という形で出たんで、すごく攻撃的な原稿のように思われてますけど、基本的にはすごく内省的で、ある意味自己批判的なモチーフで作られた原稿だと思うんですね。戦争中の軍国少年だった自分、あるいは戦争中にいろんな表現をした人たちがどう位置づけられ、どういう態度をとり得たか、あるいは戦時中の自分たちをどう対象化し得たか、それが問題であろうっていうのが基本的な発想だと思うんですね。で、それは全く正しいわけで。で、そういうふうにして吉本さんがあぶり出すと、手がきれいだって言っていた人たちも実はあんまり手がきれいじゃなかったりとかいうのがどんどん明らかになっていく。あの辺は吉本さん的には予想していたことなんですか。それともやっていくうちにこんなことになっちゃったなみたいな感じなんですか。

吉本　いや、それはもうそこまでいかないと終わりにならないですからね。文学は特にそうで、ひとりも残らない。金子光晴なんかはね、わりあい達者に、健康に戦争に抵抗してたっていうことになってるけど、それは嘘であって、くだらないものもあるんですよ。要するにね、戦争に抵抗しましたとか、戦争に表現でもって言葉でもって抵抗しましたって、公に言っちゃうとひとりもいない。戦争っていう状況の中で自分が軍国主義謳歌じゃなくて、前線で故郷の妻子のことを思って気にかかってしょうがない、そしてその中で自分の家族や友達のことを心配したりっていう詩は唯一の抵抗なんですよ。だから、大声出して戦争に抵抗したって言ったってそれは抵抗にならないですよね。でも軍国主義的ではなく、家族とか個人とか友達とか、そういう人のことを思いやってそれで最後にはみんなと一緒に全滅するまで戦ったっていう、そういうのが一番の抵抗で。でも抵抗って言っても、それだけなんですね。それは声を大きくして言うことはできないわけですよ。戦争自体を肯定しながら、その中での個人の尊重とか、肉親に対する愛情とかっていうのを言ってるんですから。おおっぴらには言うことができない抵抗ですね。で、僕も軍国主義的な詩をいくつか書いた。何十篇か書いたんですよ。学生時代ですよ？　別にそれは発表してどうっていうんじゃないけど。公表してどうとかっていうんじゃないけど。自分なりに戦争を主題にしたとか、天皇を主題にしたとか、そういうのね、探すとあるんです。そしてそれはガリ版で残ってるわけ。

——ははは。

吉本　（笑）俺それでいこうと思って。つまり俺はこれから——。

——「愛国詩人だ、俺は！」みたいな？（笑）

吉本　そうそう（笑）。俺はと思ったの。で、俺は軍国主義少年だって言うことにしようって。それは弁解もいらないし、隠すこともないし。当時から隠す気もひとつもないわけで。それをとるとそうなんだけど、他の何十篇かの詩をとるとね、俺だって抵抗したじゃないかっていうのあるわけですよ。そんなの当たり前のことでね。だけど何十篇かのほうでね、いろいろ言ってるわけで。冗談じゃないよっていう。

――だから、『芸術的抵抗と挫折』に対する批判としては、吉本隆明は戦中の詩ではなくて戦後の態度に対して戦争責任、戦争責任と言っていて、それがわけ分からんと。でも、実際はそういう批判のほうがわけ分からんていう。ですから吉本さんがお書きになったあの評論の素晴らしいところは、戦時中は愛国的なもの、あるいは戦争賛美というひとつの価値観の中にみんながなだれ込んでそういう詩を書いてしまったと。じゃあ戦後、反戦であったり、民主主義であったり、プロレタリアートであったりっていう、今度は新しいお題目が出てきたと。それを祭り上げる運動を戦後の正しい態度だって言ってるけど、それって戦前と同じじゃない？っていう。僕はそこが一番画期的だったと思うんですよ。そういう批評機軸が生まれたわけですよね。

吉本　そうですね。

――そして、そこで作られた論理の実体化というのがその後の吉本さんの膨大な著作であったという。その基本的なモチーフがここで作られていたっていう感じがするんですね。

吉本　それでいいと思いますね。そのひとつのモチーフが戦争責任という問題であり、戦争責任というのは戦争時における表現のアリバイの問題ではなく、それをどう対象化し、戦後においてどう新たな展開にしていくのかっていうのが問題なんだというのがひとつの重要なテーマだったんです。そして、じゃあ何故戦時中、僕も含めてあの軍国思想にやられてしまったのかっていうところの分析をちゃんとやらなきゃいけないだろうっていうのがもうひとつの大きなテーマで。つまり、戦後民主主義もいいんだけれども、戦後民主主義と日本の固有の政治風土をちゃんとくっつけるっていう作業をやらないと、結局、戦中軍国主義が日本人の情緒をすごく巧妙にすくい取って、みんなが「ようし、行こう行こう！」っていう形になってしまったのと同じになってしまう。そこをきっちりしない限り、日本固有の思想というのは作られないぞという、もうひとつの思想的なテーマが生まれてきたんですね。そこが原点になって、新しい展開のやり方が表われてきたっていうのが自分でもわかってきたのだと思います。それはまあ今も続いてるって言えば今も続いてるっていうふうに言えるわけですけど。

「吉本思想」の萌芽

――吉本さんが『芸術的抵抗と挫折』をお書きになったのは、戦後すぐの状態だったわけですけれども。吉本さんとしては、最新型の欧米の思想や理論を導入して、そこでの頭のよさや速度を競争したところでしょうがないという。日本の思想界でも批評界でも優等生の諸君がいっぱいいるけれども、優等生じゃしょうがないんだと。で、自分は独自のものを作っていくんだという、基本的なスタンスというのはあそこででき上がったというふうに考えていいんでしょうか？

吉本　ええ、そう思いますね。

――その段階で、ある程度『言語にとって美とはなにか』とか、あるいは『共同幻想論』のモチーフっていうのは、頭の中に幾ばくかおありになったんですか。

吉本　ええ、それはありましたね。大体一九六〇年ちょっと前ですね。その頃におおよその形っていうのは自分の中でできてましたから。

――たとえば『芸術的抵抗と挫折』のテーマを図式的に考えるならば、ふたつありますよね。ひとつは文芸批評的な側面において、反戦だから10点とか、軍国主義だったから0点とかっていう点数のつけ方は、結局軍国主義そのものと同じぐらいナンセンスであると。つまり文芸そのものとして、どういう新しい批評基準をきっちり作っていくかっていうのが問題なのであり、それは『言語にとって美とはなにか』という、すごく画期的な評論のひとつのモチーフであるという気がするんですよ。で、そののちの、日本人がどう軍国主義にやられて、日本的な土俗性みたいなものと欧米的な最新の思想を単なるねじれではなく、きっちり統合したもので作っていこうっていう第二のテーマの発展系が『共同幻想論』につながっていったっていう。つまりここに吉本さんの一番重要な、思想的な営為が前半と後半にあるような気がして。そういう読み解き方はどうでしょうか?

吉本　今現在を基準にすればそうですね。その中間の通過点ていうか、それが『共同幻想論』にあたると思います。そこから今の状態をどうやって展開していくかっていうことが具体的に、少しはっきりした形で出せるようになっている感じを現在持ってますけどね。ちょうどその中間点じゃないですかね、『共同幻想論』は。

――あれだけがっちりとした、『言語にとって美とはなにか』や『共同幻想論』を作るのはすごく大変だと思うんですけれども。たとえば『芸術的抵抗と挫折』のような、すごく時事性の高い、その時代時代を切り取った批評みたいなのをずっと書いていけばいいやっていう、安直な考え方もあるんですけれども吉本さん的にはそれじゃ勝てないなと。つまり、がっちりとした体系を構築して、大きな理論構造を作っていくという――この辺も日本の思想家の中ではあんまりなかったんですけれども――こういうビジョンができたのもやっぱりあの時期なんですか。

吉本　そうだと思います。『共同幻想論』には、確かにあの時の意図とかモチーフがあったと思います。そこを総合していくと、問題はこういくはずじゃないのかなとか、こういくべき問題じゃないのかなという視点が自分の中に出てきて。それは現在に至るまで、そうピントはズレてないっていう実感はあるわけです。

「愛国」をどう捉えるか

――なるほど。で、初期の『固有時との対話』、『高村光太郎』、『芸術的抵抗と挫折』とかを読んでいくと、まだのちの巨大な思想家吉本隆明の理論体系は出てきてないんですが、やっぱりエモーションとかモチベーションというか、基本的な吉本さんのエンジンになっているのが戦争体験で、そこをどう捉えるかっていうところが全てにつながっているんだということを改めて感じるんですよね。やっぱりそうなんですかね。

吉本　そうですね。そういうところで、リベラルな人と僕とどこが違うかってはっきりしてる。こないだテレビ見てたら、中国の反日デモに対する批判を言ってるんだと思いますけど、愛国愛国って、愛国無罪とか言うけれど、愛国っていうのはヤクザって言ったか無頼漢て言ったか知らないけど、そういうのの最後の逃げ道だって言ってるキャスターがいて。

――ははは。

吉本　僕ならそう言わないなと思うわけ。つまり、そうすると今度また中国が愛国っていうのはおかしくて、日本が愛国を前面に出さないままリベラルを前面に出すのはいいみたいな、そういうことになっちゃうじゃないですか。愛国って言うなら、日本はずっと愛国の連続でさ、それでやってきたわけですよ。中国が今、愛国無罪だってデモやる人がいたって、歴史の段階から言えば近代化の途中ですから当然なわけです。愛国っていう事例が悪いわけじゃないんですよ。愛国は日本では、保守的だということを表わしているけど、僕はそう思わないわけです。つまり愛国とか民族主義っていうのは、歴史や文化史のある段階で誰もが通るわけですよ。で、今中国は、ちょうど愛国と社会主義的な理念がくっついたんだから民族社会主義、要するに日本の軍国主義と同じですよ。

これを現実的な悪だっていうふうに決めつけると、それはほんとに昔ながらのリベラリズムになっちゃうわけです。それは間違いだと僕は思います。反日は愛国だからいいんだって言ってるのは、それは日本からはありがたいこと言ってるわけじゃないけど、でもこれが間違いだっていうことはない。ある段階でそこを通ってくんだよなっていうふうに思いますけどね。だからある意味ではそれはいいんだと。中国がそう言うっていうのはごもっともだよっていうところで考えないとダメじゃないのかっていうふうに僕は思うんですね。

──そうなんですよね。吉本さんが『芸術的抵抗と挫折』をお書きになったのもそういうことですよね。

吉本　そうですね。そういうことなんですよね。要するに、僕がそういうリベラリストとどう違うかって言えば、愛国でやれた自分も知ってるし、愛国でやられた日本国民も知ってるわけで。愛国っていうメッセージに対して、愛国は非常に保守的だとか何とかって言ってたって、全然勝てた気がしないわけです。絶対そこで負けちゃうわけだし、愛国というものが持っている現実的な力、あるいはお国のために死ぬっていうメッセージの持っている現実的な力、そこに自分は反戦だとかって言ったってやられちゃうわけです。その愛国っていうメッセージに対して何を出せるかっていう具体的な方法がない限り戦後なんてあり得ないって思っていたわけです。で、結局、戦後のプロレタリア文学は戦前と同じことをやったわけなんですよ。プロレタリアートの味方って。それって愛国と同じなんですよ。そういうファシズム的な、ある意味全体主義的なものに対してどう拮抗し得るか、それはただのリベラリズムでは問題なわけで。愛国はありだよと。お国のために死ぬっていうロジックもありだよと。それは人間の心を打つわけだし、人々の心を持っていっちゃうわけだから。じゃあそれは何なんだっていうことを踏まえてやらない限り、次の理論ていうのは立ち得ないんだと思いますね。

——ということを吉本さんは一貫して言い続けているわけですけれども。なかなか吉本さん以外の方はそういうことを言わないですね。

吉本　そうですね。なかなか言ってくれない。

——ははは。

吉本　しょうがないっていうか、自分で気が付いているその問題を包括しながら、どういう考え方が立ち得るかっていうことをちゃんと理論が立つように、そしてかつ納得させられるような形で展開できるかっていう、そういうことが今の僕の課題だと思ってますね。

第五章

『擬制の終焉』

『擬制の終焉』

1962年　現代思潮社

自ら街頭デモの最前線に立ち、警官隊との衝突により逮捕されるまでに至った「60年安保闘争」の顛末とその敗北の要因を、運動の最深部にいた当事者のひとりとして構造的に分析した時勢論。「擬制」とは、それまで前衛とされてきた共産党や労組、そして“進歩的文化人”たちの、その闘争過程で露呈した日和見主義的な行動様式そのものを指す。運動主体としての「終焉」を自己宣言したに等しい、これら「擬制前衛」を厳しく糾弾する一方で、学生・労働者・市民といった「真制前衛」の行動性を、未成熟ではあるものの、「戦後民主主義」にただよう啓蒙主義とは全く別次元の性質のものであると位置づけた。

闘争の最前線で

――今回は一九六二年にお出しになった『擬制の終焉』についてお訊きしたいと思ってます。これは六〇年安保闘争について書かれた吉本さんの代表作のひとつで。そして、六〇年安保闘争において吉本さんは、街頭活動もなさり、最終的には警察にまで捕まってしまって。

吉本　そうそう。あそこらへんの地理は知らなかったしね。不意に、やられたんですよね。

――そこに機動隊がワーッとやってきて。

吉本　ええ。「逃げろ」なんつって逃げてって、方々いろいろ散っちゃった。そこで我先にと塀を乗り越えてね。これで大丈夫だなんて思ったら、そこが警視庁の裏庭だった

（笑）。

――（笑）。で、この『擬制の終焉』という著作では、日本共産党の安保闘争における有り様を痛烈に批判していますよね。

吉本　そうですね。

――また、同時にその従来型の左翼運動とは全く違う形で六〇年安保を闘った全学連と当時言われていた運動に対しての評価も吉本さんはなさっているわけですけれども。

吉本　そうでしたね。

――つまり、『擬制の終焉』というのはまさに、共産党の擬制が終わったということなんですけれども。吉本さんの中で、この原稿の主要なテーマというのは、いわゆる六〇年安保を闘った学生運動に対する積極的な評価なのか。それとも既存の共産党の闘いに対する批判なものだったのか。どちらだったんでしょうか？

吉本　その前の経緯からいえば、要するに共産党ですね。それからその頃は総評（※日本労働組合総評議会）に対する批判もありました。まあ僕も昔は会社で組合運動をやっていましたからね。それで一度、ストをやるから金を貸してくれないかって総評の本部に行ったことがあるんです。そしたら総評の幹部のひとりが出てきて、「そういうのは止めといたほうがいいよ」って金貸してくれるどころじゃない。総評なんか何もしてくれないわけですよ。300人足らずの小さな工場を持ってる企業には。全体の産業規模からいえば、中小企業ですからね。素っ気ない振る舞いで。そういうことに対してコンチキショウって思ってたこともあるし（笑）。そして、その頃の総評の幹部も、それからあいうところでデモをゾロゾロやる組合の連中にとっても、インテリ知識人にとっても、要するにまだ共産党は神様だったんですよね。今はもう共産党の権威はないけど、当時はほんとに共産党の方針に従わないとか、総評の方針に従わなかったらこれはもう、右翼と同じだっていう風潮だったから。で、何がいけないかっていうと、要するに情勢判断っていうんでしょうか。社会情勢の判断っていうのが何もできてない。たとえば当時も、デモで盛り上がったりしていると、自分たち左翼勢力は活発になって、景気がよくなってきたと思ってるわけ。でも僕らはちゃんと本格的な情勢判断を考えてるから、この六〇年安保闘争は最後の機会だよって。つまり、僕らが日本の資本主義の社会に盾をつくんなら、これが最後だよって、最後の機会だよっていうふうな情勢判断とまるで違う。全然僕らとそういう判断の鍛え方が違うんですよ。僕ら、組合のときもそうですけど、ものすごく真面目にいろんな資料を集めて情勢判断してたんですから。ことごとく総評と違うわけですよ。

――なるほど。しかし、当然共産党も安保には反対したわけで。そこでデモもやったし、いわゆる議院内闘争みたいのをいっぱいやったと。ただ、共産党主導型の反安保闘争とは別個に、学生や市民やそして、吉本さん自身もそこに参加なさった反安保闘争もあったわけですよね。

吉本　そうそう。

――で、そこで学生や市民とともに反安保を闘われた中で、やっぱり皮膚感覚的にも、共産党の安保闘争はこれはダメだとお感じになったし、また共産党の限界性というのを非常に強くお感じになったわけで。そこにおける共産党の最大の問題点とは、吉本さんは何だと考えてらっしゃったんでしょうか。

吉本　とにかく僕に言わせると、今みたいに共産党が何も言えなくなってる状態に追いつめられていく、一番最初のきっかけが六〇年安保だと思っていて。だから僕は要するに、反体制っていうことを何か人々の気持ちが集まってきて、何かデモでもやるとかっていうのはこれが最後だよって、僕はそういう判断をしてるわけ。大体全学連の幹部連中の判断も同じもんで、日本資本主義はこれからずっと栄えてくっていうふうに判断して。これは日本の資本主義がこれから興隆していく。で、これに対してどうすることもできないっていうふうにだんだんなっていく、その最初の兆候だよって。だから運動として何か行動をするならこれが最後だよって。その代わりこれはやり過ぎだとかそういうことは考えないで、学生さんの方針には従って一兵卒みたいにやると。そういう情勢判断をしてこっちはやってたわけですよ。だけどあの人たちは全然そうじゃないんだから。ここからだんだん自分たちが追いつめられてくとは思ってなかったわけですよ。だから全然、陽気だったというか。要するにいつものメーデーの日にやるデモで、お祭りだと思ってたわけです。で、ほんとに真面目に運動をやってたのは、全学連の主流派だけですよね。

――なるほど。今、たとえば『擬制の終焉』を読み直してみて、そういった共産党に対する批判の部分に関しては、すごく多くの人が共感すると思うんです。つまりは予定調和的な反権力闘争の持っている限界性、そしてすでに共産党が内包していた官僚性、そういったものに対する批判というのは、すごく鋭いと思うし、未だに有効性を失ってない。そして、このとき吉本さんがおっしゃってたことがそのまま現実化して、その後共産党そのものが有名無実化していったと思うんですね。と同時に、こうした反権力闘争は七〇年安保になると全共闘運動という形でまた台頭するわけですよね。

吉本　ただ僕は全共闘は政治運動だと思ってなかったんですよ。要するにあれは、教育改革あるいは教育革命への闘争なんだっていうのが、僕の意見なんです。つまり、もう僕は六〇年安保が政治的な闘争としては、最後の機会だと思っていたので。そうすると全共闘は何なのかっていったら結局、加藤一郎という当時の東京大学の学長もそうだけど、進歩的だって言われてた教授連中が、あの時警官を学内に導入することを提起したんですよ。共産党系の知識人っていうのはいざとなるとそういうことをするっていうことをちゃんと明らかにせしめたっていうのが、全共闘運動の功績ですよね。

――ただ吉本さんご自身は東大紛争に端を発した一連の全共闘に一定の評価をされていますよね。これまでの日本の政治思想においては、自分の限界まで実践行動においてや

るだけやるという形態がほとんどなかった。そういう行為の持つ意味合いを評価すると
吉本さんはお書きになっていますよね。
吉本　ええ、それは間違いなくそうです。

「マルクス主義」と「マルクス者」

——で、六〇年安保にちょっと話を戻しますと、つまり闘争を担った大きな政治的な主体として、共産党を主体とする既存の左翼グループと、全学連を中心とするすごく新しい形での左翼運動をしている人たちと二つあったと。そして、吉本さんは後者の全学連の人たちとともに闘ったわけですけれども。そこにおいて、一番お訊きしたかったのは、吉本さんはいわゆるマルクス主義革命が実現する、そのためにこの反権力闘争をやるというビジョンを持っていらっしゃったんですか。

吉本　そもそも、僕はマルクス主義っていうのとマルクス者っていうのは違うと思っているんです。

――はい、よくおっしゃってますね。

吉本　だからマルクスの考え方っていうのは時代が変わったからダメになったとかそういう簡単なものじゃなくて、今も生きてる。それこそエンゲルスが言ってるように、マルクスは幾世紀を継いで世界最大の思想家だって僕も思ってますね。この人はそんなバカなことはひとつも言わないんで。今でも、最も真っ当なことを言った人だと。また経済学者としてもいいし。ただソ連のマルクス主義が、レーニンからスターリンに至る過程でどんどんダメになっていった。だから、マルクス主義、あるいはロシア・マルクス主義っていうレーニン・スターリンによって受け継がれてきたものは終わりだっていうふうに思っていて。だから、たとえば僕がマルクス主義系統の思想家として日本で一番好きなのは埴谷雄高なんですけど、あの人の考え方の特徴ってのは二つありまして。ひとつはたとえばソ連の兵士たちはクレムリンに大砲を向けて、アメリカの労働者や進歩的な知識人はペンタゴンに大砲を向けるべきだと。お前ら核兵器を捨てなければ撃つぞ、攻撃するぞと言うべきだと、埴谷さんは公然と言ったんです。両国の民衆や兵士は自国に対して闘わなきゃいけないと。で、それは僕に言わせれば真っ当な考えなんですね。もうひとつはね、ロシア・マルクス主義はレーニンが大本ですけど、要するに実践優位性って言ったらいいんでしょうか。インテリは頭でしか考えないから、実践行動をしなきゃダメだというわけです。農村に行って農民の手伝いをし、奉仕したりしなきゃいけない。ただこの実践優位ってことに対して埴谷さんは公然と否定した。それは世界の進歩的な思想の中でも初めてなんですよ。その否定は『永久革命者の悲哀』っていう文章の中で言ってるんです。つまり蜘蛛の巣のかかった部屋で寝ころんでたって革命家は革命家なんだと。僕らはそういうところで埴谷さんを評価してきたわけ。ただその後、埴谷さんは変節したというか、中野孝次たちがやっていた反核の発起人に名前を連ねたんですよ。それで俺は怒ったっていうか文句付けて。僕はそれで埴谷さんと論争になっちゃったんです。つまり当時、ソ連のミサイルは極東基地にあって、日本に向けられていたわけですよ。そういうことには何も触れないで、アメリカの核についてだけ言ってるんですよ。だから埴谷さんが、そんなのと一緒になって反核発起人になるのは全くおかしいじゃないかっていうことで、論争になっちゃったんです。ただ日本の左翼の中で立派な人っていえば、埴谷さんみたいに、情勢をよくわかっていて、先を見通してる人じゃないかと。つまり僕なんかが言う、マルクス主義とマルクス者っていうのは違うんだぜっていうのと同じことをこの人も言っていたわけなんです。

連帯と決別

──じゃあ、今吉本さんがおっしゃったように、共産党批判の視点の向こうにはやっぱり当時のソ連の共産党の在り方や中国共産党の在り方に対する批判も内包されてるわけじゃないですか、『擬制の終焉』の中では。ということは、いわゆる従来型のマルクス主義革命の有効性というのは、もう吉本さんの中では終わってるわけですよね。

吉本　終わってると思いますね。

――ですから今の吉本さんのお話だと、いわゆるソ連の一国型革命や中国の共産党革命というようなものではなく、もっと違うビジョンの中において安保闘争を闘ってらしたと。つまり、マルクス主義的ではないけれども、マルクス者的な視点で吉本さんが闘っていらっしゃったというのはよくわかるんです。じゃ、より一層ディテールに踏み込んで、たとえば安保闘争において吉本さんが具体的に何を目的にしていたのか。たとえば、安保条約そのものが破棄されたらそれでよかったのか、あるいは当時の岸内閣が倒れればよかったのか。それとももっと全く別個の新たな革命というのがこの政治闘争によって実現されることを目的にしたのか。そのへんはどうなんでしょう。

吉本　いや、そんなにはっきりしたものはなくて。もうこれは最後だっていう認識はあったけど。だからどうやればいいのかとか、どうなればいいのかっていうのは僕の中にはなかったですね。あの時は全然闇雲で。それから全学連の指導者も優秀だったんですよ。彼らは共産党員だったんですけど、まあ排除されたんです。でもものすごく優秀だったんです。学生なのに甘いところがなかったんですよ。一度、僕が東大の向い側にある喫茶店に呼ばれた時も、「あくまで闘争は自分たちがやるから」って言われて。助けてくれとか応援してくれとかそんなことは言わなかったんですよ。ただ、「よく見守ってててください」って言ったんです。だから彼らは指導者ができる人だなって僕は思ったから。

――それは、島さん（※島成郎。六〇年安保闘争および全学連主流派を指揮した共産主義者同盟の元書記長）っておっしゃる方？

吉本　そうそう（笑）。島くんがそうだった。それで僕はへぇーと感心して。それじゃあ、俺らのやることは何もない。つまり学生さんの最前線、兵隊さんと同じでそういうところと一緒にやってりゃいいやって。あの頃僕は全然それ以外の頭は使わなかったんです。この人に任せればって思ったから。つまり僕らの出る幕ではないって。

――じゃあ、島さん自身の中には、いわゆる共産主義革命のイメージがあったんですかね。

吉本　あったんだと思います。ただ、島くんには別の意味での、つまり政治的見通しとか情勢分析とかそういうとこでの甘さはあったんですね。で、それは僕らのほうは大人だから、もっと考え方は違うんです。全学連の学生さんで非常に張り切った人たちは、ここで死んでもいいと思ってた人がいたけど、僕はこんな程度のことで死んでたまるかと思ってたから。

——たとえば、今おっしゃったように、島さんは運動家として非常に優れた方なんでしょうし、覚悟ができてビジョンもある方なのかもしれないですけど、ただ当時、吉本さんが見ていたマルクス主義の限界や現実に起きている共産主義国家の限界を、吉本さんほどクールに島さん自身が認識していたかどうかは。

吉本　それはおそらく違うんだろうと思います。共産党に対して不服だったっていうのはあったと思いますけど、それ以上のものはなかったと思いますね。

——となると、吉本さんは心情的には非常に全学連の新しい左翼運動に対して共感している一方で、ビジョンの中においては、この安保闘争が持っている限界性、あるいはマルクス主義に対する限界も見ていると。にもかかわらず、具体的な政治行動に出てしまう（笑）。「いや、俺はこいつらの心意気にかけよう。一兵卒でやっちゃうぞ。まあ、死ぬのは勘弁だけど」（笑）というふうに思われるところが、非常に僕には不思議というか。

吉本　ああ、そうか。

――そこはどうなんでしょうかね？　やっぱり島さんと同じような心情は吉本さんの中にある。非常に反権力的なエモーションもあると。今までお話を伺ってくると、吉本さんってエモーショナルなパーソナリティなわけじゃないですか。「いざとなりゃ、やっちゃうぞ」みたいな（笑）。

吉本　もちろん、そういうことはあったわけです。ただ僕の中でその先の態度ははっきりしてて。つまり、学生さんと同じ闘争の最前線のところにいて、一兵卒的に振る舞うよっていう。だから、ある政治集団の政治メッセージの発起人に僕がなるなんてことは絶対やらないぞと。指導者的なものは絶対やらんと。ところがそういうふうに言いながら矛盾はあるわけです。地方の学生さんには、俺があたかも全学連指導の知識人っていうふうに見えるんです。

――そうですよね。象徴性は担わざるを得ないわけですよね。

吉本　そうなんです。それはね、来てお喋りしてくれないかって言われると、僕は行きましたけど。ただ、デモのときは、少なくとも学生さんと同じ最前線に行くよっていう。

そこは自分でもはっきりしてたんだけど。世間から見ると、あいついろんなところへ行って、お喋りして（笑）。

――全学連の宣伝塔として機能している、みたいな。

吉本　そうなんです。僕のほうは悔しくてしょうがない。いわゆる進歩的インテリみたいなのと同じように見られているっていうのは、すこぶる面白くないわけですよ。

安保闘争後の〝戦後処理〟

――ですから、この『擬制の終焉』を今読むと、やっぱり既存の左翼に対する批判、あるいはその時点でソ連や中国の共産主義に対する鋭い洞察など、吉本さんの鋭い視点というのは、もう素晴らしいんですけれども。じゃあその全学連に対する言説がすごく積極的にあるかっていうと、そうではなく、なにか暖かい眼差しというか（笑）。「彼らは彼らなりに頑張っているんだよ」という調子の二重構造がありますよね。

吉本　そうでしょうねえ。また、島くんたちも独立左翼っていうところまでは考えてなかったんだと思います。共産党内の革新派っていいましょうか、そういう位置だったんだと思います。

――またその一方で、共産党の人たちからは、吉本さんのそういう活動はプチブル急進主義的だっていう批判もありましたよね。

吉本　そうなんですね。革マルの連中がそういう批判をしてましたね。その頃しょっちゅうしてました。昔、パリ・コミューンのときにブランキっていう跳ね返りがすごい、デタラメな奴がいたんですけど、僕のことを「ブランキストだ」って盛んに批判してました。確かにエモーショナル、情動的っていえばそうだし。ただ、本気は本気なんだけど、これで世の中が変わるとか、そこまでは全然考えてない。せいぜい、岸内閣が倒れるだろうぐらいなもので。それで安保条約を破棄する宣言を岸内閣がやるところまでいければ、上出来だっていうくらいですよ。こういう僕の一種の二重性っていいましょうかね。このことは、あとになってから、つまりヤマが終わってから随分反省したところなんですね。

——といいますと？

吉本　要するに運動が終わってからは、総崩れなんですよ。自殺する人はいるし。もう無茶苦茶って言えば無茶苦茶なんです。それをどうやって整理して、どうやってそれに対応するかってことをほとんど僕が一手で引き受けて。父兄からは「おめえみてえな奴」ってやられるしね。

——吉本さんを信じてたから、こんなことになっちゃったんだって。

吉本　だから自殺しちゃったって、あからさまに言う父兄もいるしね。それから暗に言う人もいるしね。それから気がおかしくなっちゃった学生の親に僕が電話をかけて、「あなたの息子さんがこうだから、来てくれ」って言うと、「いや、あいつはもう俺は勘当したから。行く必要ない」とかね。冗談じゃないよと（笑）。

——（笑）まあ一兵卒として吉本さんは闘って、現実的に僕は見事に闘われたと思うんです。文化人としてそこまでの最前線で身体を張った人っていなかったわけですから。ただ結果としては、やはり吉本隆明は吉本隆明であって、やっぱり普通の人ではなかったわけで。そうした意味での象徴性を結果的に担わされて。で、その結果責任を一生懸命取ろうと吉本さんはなさったわけですよね。

吉本　そうですね。自分の意図とは別の形で、結果責任が生まれたからにはそれを引き受けようと。そういう精神的に負荷がきて、様子がおかしくなった学生さんから、自殺なさってしまった人たちの親御さんにまで対処して。ただ一連の安保闘争の処理を実践する中で、やっぱりこれではいけないなと。つまりは、日本の左翼思想、あるいは反権力思想みたいなものの基本的な再構築、論理化をきっちりやってくことしか、その最終的な安保闘争の問題は解決できないんだなあという認識に至ったわけです。

避けられない〝破局感〟

――また、この『擬制の終焉』を読ませていただくと、非常にクールな論理性とそれと相矛盾するけれども、すごく情動的な行動をとられる吉本さんのパーソナリティにおける構造が、より一層明らかになりますね。すごくエモーションと論理との微妙なねじれの構造というのに、常に吉本さんは立ってらっしゃって。その中で独自の理論構成を常に作っていかれるという、そういう人となりが表れていて。どちらも非常に重要なんだろうなあという。これは、つまり吉本さんの言葉を使うなら『信の構造』っていうんですかね？　信じるっていう構造がどういうふうに位置付いていて、どう思想形成に影響を与えてるかっていうのが、ある意味吉本さんにとっての最大のテーマなんですよね。

吉本　そうでしょうね。それは自分でもしょっちゅう考えてますね。ただ、何ていいましょうか。いい加減な男だなって（笑）。

――（笑）。

吉本　いい加減な男で。突拍子もないことを言ったり書いたりして。よく埴谷さんには「君はいつも人をバカ呼ばわりして、そんなことは止めたほうがいいぞ」って、会う度にそういうふうに言われてましたけど。ただ、それは、自分の中での一種のカタストロフィなんだと思うんです。僕の性格に根ざしてるって言ったらいいのか、親の代から根ざしてるって言ったらいいのか。

――（笑）血筋ですか。ＤＮＡですか。

吉本　それとか、日々の暮らし方に根ざしてるっていうか。そういうことなんだろうなって自分でも思いますけどね。つまり埴谷さんに説教されたぐらいではね、なかなか止めらんないって（笑）。それこそ渋谷さんが言うエモーショナルなものと言えば、そうなんでしょうけど。僕の言葉で言えば、一種の破局感っていうのがあって。自分が破局するっていうことは、よくよくあり得るだろうなっていうのがいつでもあるわけです。それならその破局を避ければいいじゃないかっていうけど、避ければいいような破局なんていうのはないと思うんで（笑）。するともう必然的に諦念に近いようなものが出てくるんですね。いつかは破局が出てくるんだっていう。そういったエモーションっていうのは自分から外すことはできないっていいますかね。つまりは、内省してるつもりだけど、これが反省にはならないんですよ。この破局感を、できるだけ避けるっていうことは、技術的にはできると思うんですけど。何となくそうすると、なんか絵描きさんが人の贋作を描いてるみたいなそういう感触が残って、いい感じにならないんですね。要するに、こうしたものを内省の問題として失わなければ、僕は長続きするんじゃないかって思うんです。つまり、その破局感こそが僕のエネルギーの元かもしれないですね。

第六章

『言語にとって美とはなにか』

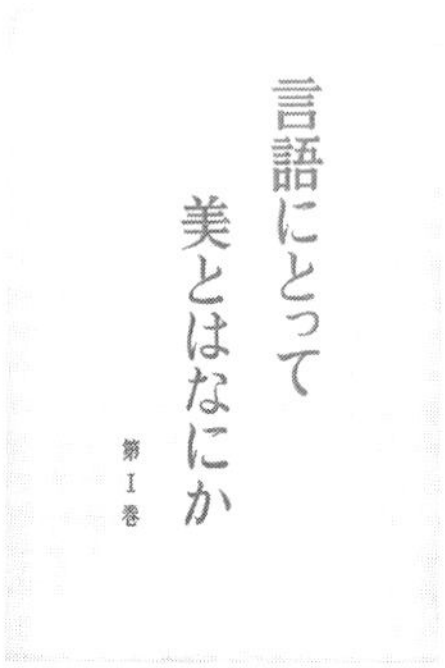

『言語にとって美とはなにか』

1965年　勁草書房

序論に書かれているように、本書執筆の背景には前著『芸術的抵抗と挫折』などで展開し、「思想上のすべての重量をこめた」一連のプロレタリア文学運動批判への「見切り」があった。吉本隆明いわく、それは自身の「文学上の最大の危機」であったのと同時に、もはや自立した文学理論を自前で構築する以外に進路はないという強い意志をも喚起したのである。全２巻にわたるこの長大な著作において、吉本隆明は“自己表出”と“指示表出”という、言語における二つの位相を設定することにより、あらゆる党派性を排した文学「表現」の理論化を提示した。結果、瑣末な文学理論の応酬に終始していた当時の文壇に賛否両面の絶大な波紋を投げかけたのである。

小林秀雄と江藤淳

――今回は『言語にとって美とはなにか』についてお話を伺いたいと思っています。これは吉本さんが創刊された雑誌『試行』に連載された評論なんですけれど、この雑誌の創刊と『言語にとって美とはなにか』を同時に書かれたことは、すごく関係があるのではないかと私は思ったんですが。

吉本　そもそも『試行』は、村上一郎と谷川雁と僕の三人が創設同人みたいな形で、始まったわけ。この三人は何かっていうと、六〇年安保闘争でみんなあぶれた奴っていうか（笑）、要するに谷川雁も村上一郎も進歩的な一般的な人たちからあぶれたっていうのと、この二人は共産党からもあぶれてたっていう。で、あぶれた奴で同人をやろうっていうふうに思ったわけです。それが『試行』の創刊動機で。それで成立するかどうかもわかんなかったんですけど始まったっていう。で、そこで僕は自分にとってそのとき一番重要だって思ったものを連載していくつもりで『言語美』は始まったわけですね。ただ当時の進歩的な文学者の集まりだった「新日本文学会」っていうのがあって。その年次報告があったんですけど、そこでの評価は、「あいつ六〇年安保闘争に参加したくせに政治的なことについて発言しなくなっちゃったじゃないか。けしからん。あいつはおかしい」って（笑）。ただ大西巨人という人だけが「その評価は違う」って発言をしてくれたんですよ。あの人は非常にオーソドックスなマルクス主義者で僕とは考え方はまるで違うんだけど、あの人だけがそういう評価をしてくれたんですね。

――この連載で何度も吉本さんにお話を伺っているように、日本におけるプロレタリア文学の有り様、左翼的な文学者の党派性のようなものを批判し、そういうところではない新しい思想の軸を作り、脆弱な日本の文学的批評を根本から変えようというテーマの中で、それならばちゃんとした普遍的な文学理論、言語論を確立しようということで『言語にとって美とはなにか』をお書きになったんですよね？

吉本　はい、そうなんですね。ちょうどその頃に、亡くなった江藤淳さんが『作家は行動する』を出してるんですよ。それがね、文体論をもとにした作品批評っていうのだったんです。それは江藤さんとほとんど同時に僕はやっぱり、言語の表現からする文学作品の批評っていうのは日本にはないじゃないかっていうことに気がついたんですね。誰に気がつかせられたかっていうと小林秀雄が評論の中で、言語をもとにした文芸批評は自分もやってないし、そういうのは日本ではまだないんだってちょっとだけ示唆的に書いたのがあるんですよ。それは江藤さんも気づいてたと思いますけど、僕もそうで。ただ小林秀雄は批評家としてはなかなかね、どう言ったらいいんでしょう、オーバーできない人なんですね。どういうふうにやったってあの人の批評には、もっと言えば評論の芸術性っていうのには到達できないみたいなところはありますけどね。『無常といふ事』なんて、この文体はもう完成されていて、これ以上いい文章なんて書けるのかっていうほどのものですけどね。あの人の伝説は、文章を書くときには籠もった部屋の中をはいずり回って書いたという。そのくらいちょっとした文章でも頭から搾り出して書くみたいな人だから。ただ、この人がやっていないのは、要するに言葉の表現っていうものから作品批評をやるってことで、それは確実だった。で、僕はその頃は言語学の本ばっかり、それも翻訳書と日本の言語学者の本とか、それぱっかり読んでた時期なんですよ。たとえば当時、日本の言語学者で、文体とか言葉の表現ということについて参考になったのは、ひとりは東京大学で先生をしていた時枝誠記っていう人で、この人の『国語学原論』は、文体表現から作品批評をやろうとするときに役に立つわけ。それからもうひとりは、三浦つとむっていう人の『日本語はどういう言語か』っていう啓蒙的な本が出てたんですよ。ただ、そういったもので、本当の意味での文芸批評や文学作品の細かい批評までやれるかっていうとそれはちょっと無理じゃないかなっていう。そこは僕自身で考えてやるよりしょうがない。そういうことが動機なんです。それで何が一番僕にヒントを与えたかっていうと、ソシュールというフランスの言語学者がいるわけだけど、その人の『一般言語学講義』っていう本を読んだんです。それで何がわかったかっていうとね、文学作品の芸術的な価値はどのぐらいあるかみたいな、その価値論の概念は経済学からきてるということなの。要するに貨幣なんですよ。貨幣の振る舞い方っていうのは言語の振る舞い方と似てるわけで。だから、ソシュールはあるところまでは貨幣の価値論っていうのを使って、言語論を展開しているわけなんですよ。そういうことに気がついたんですね。しかもソシュールの文体の価値論っていうもののもとになってるのは、近代経済学ですよね。近代経済学の貨幣概念は、たとえば限界効用説とかいろいろありますけど、その価値論が言語表現の作品価値を言う場合に、一番参考にしてるっていうのがわかったわけです。そこでじゃあ、僕はマルクスの『資本論』の貨幣価値論をもとにしてやってやろうじゃないかって思ったわけです。ただ、それをそのまま概念的に使ったってどうしようもないわけで、言語っていうもののイメージが自分なりに浮かんでくるくらいまではね、考えたり読んだりしたわけです。それから『言語美』っていうのは始まったんですね。

『資本論』から得た着想

――過去のインタヴューの中でも吉本さんはマルクスの『資本論』を参考になさったと

いうふうにおっしゃっているんですけれども、この『言語にとって美とはなにか』で一番有名な概念は〝自己表出〟と〝指示表出〟という、この二つの座標軸で言語を読み解くというそういう発想ですよね。そこですごく有名な品詞のチャートが書かれていて見事に分類がされているんですけど吉本さん自身が、「数学の中の表現論」を非常に参考になさったというお話をなさっていて。この「数学の中の表現論」っていうものを具体的にどういうふうに参考になさったんですか。

吉本　要するに代数学なんですね。代数学の中に代数関数論みたいなのがあって、その概念は要するに何かっていうと、基礎概念をいくつかものにしてこしらえておいて、そうすると数学的な記号でもって論じられる現象っていうのは文学でいえば表現に該当するものだと。表現と同じように枝葉を広げていくと。いくつかの基礎概念をどう取るかっていうことでその人の近代代数学っていうか現代代数学、その概念の取り方は違ってくる。そういうやり方っていうのがあるんですね。そもそも、それは僕が（『言語にとって美とはなにか』を）書いて本にしたときに、代数関数論の学者である遠山啓っていう人が、「これは数学でいう表現論とよく似てる」っていうことを言ってくれたんですね。それで僕に気づかしてくれて。

――遠山先生が褒めてくれたんですごく嬉しかったと吉本さん自身もインタヴューでお答えになってますけども、要するに一種の、数式的な概念をベーシックに作っておくと、そこからの応用がいろいろな局面においてできるという数学における表現論というのがひとつのモチーフになっているということですか。

吉本　ええ、そうです。それは潜在的にそうなってる。そこで、文学作品の芸術的価値はどうやって決めるかみたいなときに――。

――『資本論』が出てくるわけですね。

吉本　そうなんです。それで『資本論』っていうのはどうできてるかっていうと、たとえば水と空気は、使う場合には無限に使えるもんだ、つまり空気と水の〝使用価値〟っていうのは無限に大きいんだと、無限に伸びていくものだと。だけどその一方で、〝交換価値〟っていうのもあって。普通、価値っていうのは〝交換価値〟のことを言ってるんです。何かと交換するっていう場合には水と空気はゼロだ、つまりこれはただだっていうことですね。一方、貨幣は何とでも交換できるわけですよね。何買うんだって貨幣があれば買えるわけです。そういう意味では貨幣は〝交換価値〟がある。だけど空気と水は〝交換価値〟はゼロであると。空気と何かを変えてくれって言ったって誰も変えてくれる人はいないわけですから。だけど使うっていう場合には相当広範囲にこれは使えるぜっていうことなんです。現に我々は空気を呼吸するのにも使ってるし、それに樹木は炭酸ガスと空気中の酸素を交換して生きてるわけですから。これが『資本論』の枠組みなんですよ。

――なるほど。つまり使用価値が指示表出なんですね。

吉本　で、僕は要するに〝使用価値〟に該当するものを〝指示表出〟として、〝交換価値〟に該当するものとして〝自己表出〟っていう二つの概念を作ったわけ。で、この二つがあるとね、文体論ができるわけですよ。それで大体枠組みができて、あとは書き始めたわけです。ただ、マルクスは『資本論』の中で、芸術作品の価値も、要するに労働価値に帰着するんじゃ「ないだろうか?」って疑問符で言ってるんですよ。つまり、いっぱい労働すればいい価値の作品ができるっていうことじゃないかな?って言ってるんですよ。だけど僕はそこはちょっと疑問だって。つまりね、作品というのはスラスラッとできちゃった詩のほうが、ムチャクチャ考えていじくるよりもいい作品ができることもあるわけですよ。だからここはマルクスの価値の分かれどころだって思ったわけですよ。それで僕は〝自己表出〟っていうのは、三木成夫っていう解剖学者がいて、この人が「人間には第二の言葉がある、それは内臓の言葉だ」って言ってるんですよ。それがものすごく示唆になって。要するに内臓の言葉ってどういう言葉かっていうと、たとえばお腹が痛くなったら「痛いなあ」とか「いてえ」とか口の中で言って痛いっていうことがあるわけですね。つまりそういう言葉は内臓の言葉なんだって三木成夫っていう人はそういうふうに言ってるんです。つまり誰かにコミュニケーションするのが言葉だっていうのは一面、つまり〝指示表出〟だけにしか過ぎないんですよ。〝自己表出〟みたいな、つまり自分に言い聞かせるために「痛い、お腹痛い」っていう言葉もあるわけです。人に聞こえないような言葉もあるし、もっと極端に言えば無言でその痛いっていうのを表情だけで表わすことがある。それこそが〝自己表出〟だと。そうすると言葉っていうのは最終的な言い方で言えば、コミュニケーションのための言葉――〝指示表出〟と、自分なりに自分を納得させるための言葉――〝自己表出〟という二つの側面があると。そうするとこの〝指示表出〟と〝自己表出〟の織物って言いましょうかね、織られてそれで出てきた布きれみたいなものが言葉なんだっていう概念に到達したわけです。

――この〝指示表出〟と〝自己表出〟というアイディアには、相当手応えがあったと思うんですよ。実際に冒頭の第一章では、『万葉集』の助詞と助動詞に応用して論を展開されていて。かなり達成感がおありになりましたよね。

吉本　ええ、そうですね。ただ僕はいわゆる言語学者じゃないから、専門的にできたっていうわけにはいかないわけですよ。達成感はありましたけど、そんなこと言うと専門家からは「素人のくせに何を言うか」ってなるんです（笑）。ただ、先ほどチャートっておっしゃいましたが、日本語の助詞には「〜は」とか「〜が」というのがありますよね。「わたしは掃除した」とか「わたしが掃除した」っていうのはコミュニケーションの意味が違っちゃうわけでしょ。これはちょっと僕はわかるような気がしてるんです。日本語っていうのはいずれにしろ、猿から離脱したときに喋ってるわけですよ、日本の人種っていうのは日本語を喋ってるわけです。だけど書くっていうのは相当時間が経ってからですよね。いくら頑張ったって奈良朝時代の初期かね、あるいはもう少し前の古墳時代ね、それぐらいに書くっていうことを日本ではやり始めた。ただ中国では四千年前から書くっていうことをやってるわけですよ。で、その中国語をオンという意味で借りて、それで日本の言葉っていうのを書くことを始めてるわけ。つまり日本語は類人猿から離脱した時から、古墳時代まで、あるいは奈良朝初期まで、書き言葉はなかったわけですから、喋るだけだった。そうすると喋る上で、たとえば「おまえバカだ」って言ったって「おまえはバカだ」でも、どちらでも通じるわけですよ。だから日本の場合は助詞が少ない。要するに書き言葉と喋り言葉の距離が短いと助詞が多く発達するわけ。日本人は猿から離脱した時から日本語の祖語を喋ってるんですけど書けないんですよ。日本人はそれまで喋んなかったわけじゃなく猿から離脱したときにもう同時に喋ってるんですよ、他の国の言葉と同時に喋ってるんだけど。

言語論から言語表現論へ

――なるほど。ただ、この『言語にとって美とはなにか』は、一般的にはちょっとした誤解の中で言語論だと思われている傾向もあるんですけども、これは決して言語論ではないのですよね。

吉本　じゃないですね、ええ。要するに、基本的な批評の機軸を打ち立てるためにはやっぱり言語論からやらなければいけないという、そういう遡った発想から生まれたわけであって。だから言語論ではなくて表現論なわけだし、批評論なんですよ。ですから第四章の「表現転移論」から現実的な、いわゆる表現論や批評論に移っていくわけで。その中でもう一度、文学史というものを位置づけて、そこでは〝自己表出〟と〝指示表出〟と同じような、〝話体〟と〝文学体〟という、批評軸を作るわけなんです。ただ、そこに疑問を提出してくれた人がいてですね。島尾敏雄さんっていう人は「この時代の表現は〝話体〟でこうで〝文学体〟でこうだって論じてるけど、どういう基準で具体的に作品を挙げたんだ」っていう。そういうことは偶然に自分が読んだ作品で言ってんじゃないかってそういう疑問を言われましたね。もうひとつの疑問は、それじゃあ文学の価値っておまえの言うとおりだとして、文学作品の価値、あるいは芸術的価値っていうのは、作品のどっちがいいんだとかね、この作品の価値はどう決まるんだっていうことを言われたらどうするんだっていう。つまり、文学っていうのは、たとえば（夏目）漱石の『坊ちゃん』を100人の人が読んだとする。そうすると面白いとかいう、全体的な印象はほぼ一致するでしょうけど、その作品の個々のことになったら、もう100人の評価はみんな100人違う。もちろん宗教や政治と違って、違うっていうことが芸術なんでね。だけれども僕の考えでは、そういう評価が違う100人が、たとえば100回作品を読んだ場合にはね、ほぼ一致するところに行くと。それはどこに一致するかっていうと作者に一致する。作者が持っている表現技術も内面的な精神性も全部含めてそういうものの総和として一致しちゃうと。そこでは、作品価値からは遠ざかって、作者に収斂する。それは100回読んでみれば、必ずそうなるんです。で、それは渋谷さんの言われる、数学とか化学とか、そういうのを長年やってきて、それはかなりな程度皮膚感覚としてあるから、それが自然に出てきたんだなって思いますけど。

——という感じがしますね。一種の自然科学や数学における公式の発見のようなもので。ある法則性を発見すれば、それは絶対的な自信を持てるわけじゃないですか。たとえば多少特異な例があっても、大きな流れの中においては重要ではなく、法則性そのものは動かないわけじゃないですか。たとえば〝話体〟と〝文学体〟という、この法則性の中で何か矛盾があるんだったら、動揺するけれども、あっちにこんなのがあった、こっちにこんなのがあったって言われたって、それは関係ないんだよっていう、そういう基本的なスタンスが『言語美』の中で作られていったんですね。

吉本　そうですね、渋谷さんの言われるとおりで。それまでの文学批評の考え方でいえば「比較ならできないことはないけど、この作品の価値はこういうことで決まっちゃうんだよって言うのは無理なんだ」っていう既成概念があったわけです。ただ、僕はそんなことはないと。非常に本質的なとこだけで言えば、基本的に文学作品の価値は作者の価値、作者の持ってるあらゆる技術から精神性までを含めたものの総和で決まるということなんです。つまり、文学作品の価値は、先ほどの話で言えば〝自己表出〟という価値に最後は収斂していくと、そう僕は言い切っているわけですね。たとえば、Aという作品とBという作品があって、どちらの文学的価値が高いかと考えたときにAという作品とBという作品を生み出した作家の価値観はその比較で出てくるわけですし、それからその人の生涯に書いた文学作品の価値の総和を両方比較してみれば、もちろんAの作家とBの作家ではどちらが優秀であるかっていうのは確実に言えるっていうふうになりますよね。そしてそれはつまりAの作家とBの作家の〝自己表出〟の積分総和はどちらが高いのかっていうことで、この作家の価値の違いを言えると僕は思いますね。

――やはり、吉本さんの中においては言語論というのはやっぱり言語表現論であり文学批評論なのですね。今、吉本さんがおっしゃった文学の価値というようなものは何であるのかっていうところできっちりとした話をつけたい、そのためにはやはり言語論をやらなくちゃしょうがないということだったんですね。

吉本　まあ、たとえば近代批評の日本の元祖といえば小林秀雄なんでしょうけど、どうせ文芸批評をやるならこの人のやった批評をどっかで超えたいという、あとから来た人間の願望みたいなのがあるわけですよ。たとえば江藤さんの『作家は行動する』では、小林秀雄の文体はスタティックで動きがないじゃないかっていうのが批判のモチーフとしてあったんですね。小林秀雄の文章もそうだし、関心も非常にスタティックで伝統的で、ちっとも展開性と発展性がないじゃないかっていうのが江藤さんの批判だったんです。だから、あの人はあの人なりに小林秀雄っていう人をなんとか超えようという思いがあったんですね。つまり、願望から言えば言語論から言語表現論に行く以外ないだろうって、僕も考えたし江藤さんも考えていた。これはほとんど同時代的に考えてましたね。で、江藤さんの『作家は行動する』が出てきたとき、「おっ、この人はやった」っていう感じだったんです。ただ、僕のやり方や考え方と違うから、僕は自分なりにやってましたけどね。だから、みんな一応は考えたんじゃないでしょうか。小林秀雄がやらなかったことに、クビを突っ込んでやったなっていう感じはあるわけです。

――やはり文学批評として非常に質の高いものを書くぞと、そのためには従来型のアプローチではしょうがないし、戦争責任論でうんざりするほどつきあわされた非常に矮小な既存の文学理論の枠組みではなく、もっと基本的なところで自分自身の論理を構築することで、文学、表現、あるいは芸術における価値をきっちり設定していかなければいいけないという問題設定がこの『言語美』にはあるんですよね。

吉本　そうなんですね。それで理論的な部分でも、今またあらためてその概論のようなことを考えていて。まあ、たとえば短い俳句で、五・七・五で非常にいい、典型的な例なんですけどね、正岡子規の《鶏頭の　十四五本も　ありぬべし》っていう俳句があるんですよ。これがいい俳句だとなったときに、どうしていいんだ？っていうのを検証するには、一字一字やらないとダメなんですよ。普通だったら、「鶏頭が14、15本そこにあるよ」って言ってるだけで、これの何が芸術なんだって、普通だったらそうなるわけですよ。だけどこれはどう考えてもいい俳句なんですよ。そこで「おまえこの俳句がどうしていいかって言ってみろ」って言われたときには、もう一字一字、《鶏頭の》の助詞〝の〟を使っているとか、15本とは断定してなくて、14、15本と言っていることとか、それから最後に助動詞で《ありぬべし》だから、「あるよ」とは言ってないとか。そうやって一字一字、全部名詞から助詞から助動詞から考えないといけない。たとえば正岡子規はここで《ありぬべし》っていう一種内面的な疑問を含むような表現をしたのはなぜかと。それは僕に言わせれば、自己表出の部分が多い表現を使ったわけですよね。だからそれは価値に関係してくるわけ。「十四、十五本ありにけり」では、全然ダメなわけです。《ありぬべし》って言わないとこの作品はいい作品ってならないですよね。まあ、そういうことを小説でやれっていったら「そりゃやればできますよ」って言うだけで、それは作者の価値に収斂しますよって言えるわけなんですね。

批評家個人としての水準

──すごく素朴な疑問なんですが、結局は批評する側の読解力や批評能力に最終的に帰着しちゃうんじゃないかという気もするんです。だから要するにその作品を読み解く能力ですよね。たとえば吉本さんが、この正岡子規の《鶏頭の～》という俳句を『言語美』の指示表出と自己表出という批評機軸からではなく、全く別の論理の中で正岡子規論を書くというのでも素晴らしい文学批評が成立するような気がするんですよ。つまりそれは吉本さんの読解能力の問題であって、たとえば『言語美』がなかったとしても、それは可能なのじゃないかっていう気がしてしょうがないんですが。

吉本　それは間違いと言えるところはひとつ。僕は申し上げているとおり、要するに100回読まないでこれを書いてるから、言ってみれば印象批評なわけです。だけど、もしもある時代の文学作品とか、もしくは音楽を聴くっていうのでもいいわけですけど、その時代で──まあ、どこを取ってもいいですけど──最高の音楽批評をやる人のレベルはこのレベルだっていうひとつの設定ができれば、最終的に多くの人がそこに到達するっていうことを前提とすればいいわけです。もちろん読む人によって違うとか批評する能力の違いによるというのは当たり前のことで、あくまで仮定としてはそうだとすればいいわけです。もっと言えば、素人が音楽を聴いたときに言うことっていうのはここら辺のレベルだと始めから設定すればいいんじゃないでしょうか。誰をポイントにしておくかっていうことで決まっちゃうっていう。で、それこそ僕は実際に文学作品を読んで感じたことはこういうことなんだっていうことを隈無く表現できない限りは、僕がどういう理論をつけたってそんなことはもちろん実際の評価とは関わりないって言われるわけです。究極的にはどこかに印象批評が残ってるっていう、そういうことを言えばもう個々の人でも違ってきちゃう。だけどたぶん僕が仮にある文学作品を100回読んでやったら、その作者の持っている自己表出能力と指示表出能力の織物みたいなものの総和でその作品の価値は決まるだろうって。そこに行くだろうっていうことはまず疑ってない。その点、僕がやっても他の誰かがやってもそうなると思います。だからその時代の読解力の水準を、最低のところで決めるのか、その時代の最高の水準で決めるのかっていうだけの問題になりますね。それは割合にはっきりしてると思いますよ。もちろん、あらゆる人が僕と同じ評価を同じようにしろっていうふうなことは、強制しないですから。つまり求めないですから。読みたくない人は読まなきゃいいし、つまんないと思う人はつまんないと思えばいいし、いいと思う人はいいと思えばいいって、それ以上の強制力は文学や芸術にはないですから。もっとはっきり言っちゃえば芸術っていうのは無償であって、そこから何かに役立つかっていったら全然無用のもんだって。で、芸術家っていうのは無用の長物だというのは芸術の本質論でいえば当然なんですから。

〝還相〟からの文芸批評

――また、この『言語にとって美とはなにか』においては、それ以降の吉本さんの思想のまさにベーシックな部分が作られたと思うんですね。うまい表現ができないんですけど、理系的な論理性を持った思想家という立ち位置なんですけど。そして吉本さん自身にとっても、これは何か従来型の日本の思想家の手続き、あるいは文芸批評家の手続きとは俺のやり方は違うんだという、そういう手応えをすごく感じられたお仕事なんじゃないですか。

吉本　そうですね。とにかく〝自己表出〟と〝指示表出〟という概念を作ったときに、他のこともよくスラスラ解けていったんですよ。それは気持ちがよかったし、達成感もありましたね。ただ、何て言いますか、詩の創作者として挫折したからこうした文芸批評を書くようになったというのもあって。そこで文芸批評を書いてるうちに、文芸批評固有のテーマが出てきたから、動きが取れなくなってきて、それで商売になっちゃったっていう感じですね。つまり自分の中では消極的な、詩の挫折感の延長線でという、そういう消極的な意味合いが消えないんですね。本音を言えば。

――でも『最後の親鸞』は、ある意味もう究極の批評という形の詩だし、あれは日本で最高の散文詩じゃないですか。

吉本　いやあ、まあ一生懸命書いたっていうことはそのとおりなんですけどでも。

――吉本さん的にはまだ合格点は出てないんですか。

吉本　ないんですよ。つまりね、帰り道っていうのがあるんですよ。ある地点にいるんだけど、行きの道と帰り道はまるで違うよっていう、その帰り道でひとつやってやるかって思ってるわけで。そんなこと言ってるうちにくたばっちまうかもしれないですけど(笑)。

――(笑)詩に戻っていくわけですね。

吉本　そうなんです。それは親鸞流の言い方をすると、還相（げんそう）っていう言い方になるんです。逆に行きの場合は往相（おうそう）って言うんですね。だから彼に言わせれば信仰は厚くなったとかこう変わったとか、そういうことを言うのは行きの相だと。で、死がやって来ると、そうすると彼は肉体的っていいますか身体的な死のことは仮の死であると、で、本当の死っていうのはそうじゃないところにあるんだと。じゃあ、そうじゃない死ってどこなんだっていうのはあまりはっきり言わないんですけど、還相だって言ってる。それは要するに往相が終わってから帰り道へ行く転換点があって、その転換点から帰っていかないと人間っていうのは、あるいは宗教家は人を救えないんだよっていうのが彼の考え方ですね。だから、往相のときに飢えた人がいるとか、困ったおじいさんやおばあさんがいるから手助けしてやるっていうのは、行きがけの駄賃でやってるだけでこんなのは人を助けることじゃないっていうのが彼の考えで。仮の死から転換して、そこから帰ってきてこそ、人を普遍的に助けることができるんだっていうのが彼の思想だと思いますね。そういう還相が上手く完成できたら、俺もちょっと納得するっていう感じがありますね。そして、そういう帰りの姿のようなところで、文芸批評をやると、詩の延長線上で批評ができるんじゃないかって。そういう願望はあるんです。

第七章

『共同幻想論』

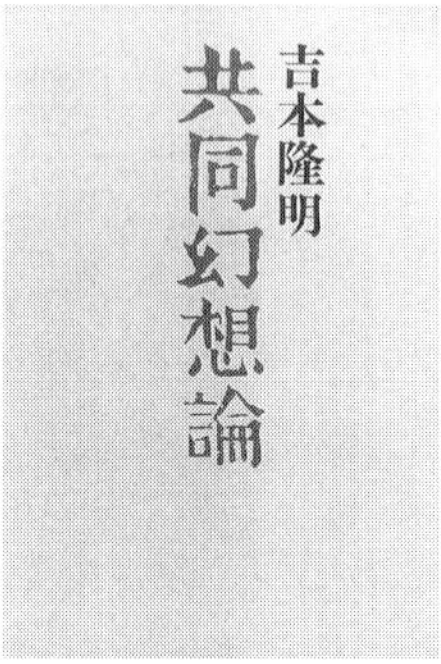

『共同幻想論』

1968年　河出書房新社

『言語にとって美とはなにか』で考察された「表現としての言語」の問題から派生する形で、吉本隆明は本書において全く新たな地平を開拓した。すなわちそれは言語を表現する「個」としての人間は、この「世界」においていかなる関係性を持つのかという問題設定であり、これに対し提示されたひとつの独創的な概念こそが「幻想」なのであった。さらにこの「幻想」は＜自己幻想＞＜共同幻想＞、そして＜対幻想＞という三つの軸に分類され、文学、国家、法、家族などあらゆる事象がこの「幻想」という概念の中に包括されていく。幾多の著作の中でも特に代表作と称され、日本思想史におけるひとつの到達点ともなった記念碑的作品。

〝国家〟という共同幻想

――今回は『共同幻想論』という、なかなか難しい本についてお話を伺いたいと思います（笑）。まず吉本さんがこの作品をお書きになった動機やきっかけというのはどこにあったのでしょうか？

吉本　確か江藤（淳）さんの『成熟と喪失』と僕の『共同幻想論』は連載することを前提に、同時に頼まれたんですね。（掲載された）雑誌は『文藝』だと思いますけど、言われてから何を書こうか考えたという記憶がありますね。ただちょうどその頃、柳田國男の『遠野物語』を読んでいて、その中に女の人が山へ入ったら、山の人に拉致されて奥さんにさせられたという話がありまして。里の人がその女にたまたま出会って「なんでこんな所にいるんだ」って聞いても、「山人に捕まって自分のものになれって強要されて、住んでるうちにこうなった。だからもう里には帰れないんだ」と答えるだけなんです。そういう物語の「もののあはれ」っていうことにずいぶん気持ちが動いてた時期だったので、これを主なモチーフにして、大勢の人が同じような観念を持ってそれが一種の伝説や怪異譚になるという問題――それはつまり〝共同幻想〟ってことなんですけど――について論じてみようっていうのがひとつですね。もうひとつは〝共同幻想〟っていうものがある地域や民族で共通に抱く観念だとすれば、今みたいに国家とか民族っていう観念があり、そのまた上に資本主義や社会主義という観念があるのはおかしいじゃないかっていう問題意識があって。それじゃ『遠野物語』を素材にして、たとえば里の向こうから綺麗な女の人が手招きをして、それについて行って橋や川を渡ったらそれは死ぬってことなんだという観念が共通に昔話の中にあるということは一体何なんだっていう。そういう観念がある地域、民俗ごとにあるのはどうしてなんだっていうことについて少し論理的に考えてみようというのがひとつのモチーフになったんですね。

――今のお話を伺ってみてすごくよくわかったというか。『共同幻想論』を僕が一番最初に読んだのは高校生の頃で、当時はすごく難しい社会科学的要素の強い作品だという印象だったんですが、今回改めて読み直してみると、これはより文学的な書物であるという印象が逆に強まってきたんですね。つまり、この『共同幻想論』は吉本さんの文芸批評におけるひとつのスタイルでもあるんだと。だから、今のお話を伺うと『遠野物語』という日本の文学の最高峰に位置する作品を読み解くのと同時に、文学と社会、あるいは吉本さんのお言葉を借りるなら〝共同幻想〟っていうものが何であるのかっていうことに文芸批評として突っ込んでいくという、その両方が吉本さんの中にあったわけですよね。

吉本　そうですね。たとえば〝共同幻想〟の訳語って何かというと人によってだいぶ違うんですよ（笑）。幻想っていうのを文字通り幻想として、フランス語でいえばファンタスムスと訳して、そういう意味合いで受け取る人もいれば、人間の観念的な活動のうち大勢の人が共通に持つ観念――伝説とか怪異譚とか死後の世界と受け取る人もいる。またマルクスは国家というのをいろんな形で定義するんですけど、その中で「国家とは共同の幻想体なんだ」という言い方をしてるんです。それには僕は少しショックを受けましたね。つまり、国家っていうと人がいっぱい集まって政府があってという具体的なもの、あるいは人間の集合のように思いがちなんですけど、マルクスのそういう言い方は非常に深く響いたんですね。『遠野物語』には、このマルクスの発言に類することが、別にイデオロギー的とか理念的とか論理的にじゃなく、いわゆる伝説話として含まれていたわけで。つまり国家は人の集まりじゃなくて観念の集まりなんだということが一番こっちに響いて、この二つがだいぶ自分の中で合わさったとでもいいましょうか。

〝死〟という共同幻想

――また『共同幻想論』の中で僕自身が感銘を受けたひとつの発想は「死」というのも共同幻想であるという考え方なんですね。死というのは本来的にパーソナルなものでありながら体験できないが故に自己幻想たり得ないということなんですよね。

吉本　そうですね。つまり周りの人間の死というのを観念として知っていくという形でしか、死というのは私たちの中で実体化されないのであって、それは結局死というのは共同幻想としてしか成立しないということなんです。そこにこそ共同幻想としての死が個人の死を浸食していくという形で、自己幻想と共同幻想の関係性が表出してくる。『遠野物語』や『古事記』といった古典における、たとえば死の扱い方を辿りながら、自己幻想と共同幻想という概念を切り口として設定し、文芸批評、政治思想、そして社会思想として統一的な接点を生み出していきたいというのがこの『共同幻想論』の基本的な考えではあります。また自分の中では理念としての共同幻想っていう考え方と、それから伝説とか昔話の中にある観念というのは、連続をしているものでもあって。もともとこうした発想が生まれるきっかけは、とてもつまらない問題意識なんだけど、子供の時に僕は学校から帰ってくると鞄を放り投げてすぐに遊びに行っちゃう。で、暗くなるまで遊んで帰ってくると「そんな夜になるまで遊んでると、人さらいが来てさらわれるぞ」って親に脅かされたんですけど（笑）、それが切実に響いていて。遅くまで遊んで帰ってこない子供を脅かす材料として親たちがよく言ったんですよ。誰か見知らぬ人が来て連れていっちゃって、もううちへ帰れないとしたらものすごく嫌だろうなとかこわいだろうなという共通の観念があって。ただ当時は子供ですから、実際にこういう人がさらっていくんだっていうのを知ってるわけでもないし、見たわけでもないんだけど、なぜかこうした「もののあはれ」という観念を持っているわけですよね。文学的に言えばそういう観念があったのは確かですね。

天皇制との決着

――そうですね。ですから前書きでもお書きになってますけれども、世界がどうあるのかという分析的な視点もさることながら、夜ひとりで起きたときの孤独感のようなものがこの作品の根底にあるんだと。いわゆるこの手の国家論のような著作としては珍しい、非常にエモーショナルで文学的な前書きなんですが、この部分もある意味、吉本さんご自身が意図的に付けられているわけですよね。つまり、これは文学的にもやむにやまれぬ衝動があって書かれたんだというのを半ば戦略的にアピールなさっている。たとえばこの時期は、『言語にとっては美とはなにか』『共同幻想論』『心的現象論』という三つの大作を吉本さんは書かれるわけですけど、こうした根底にあるエモーショナルな部分は通底しているなということを今回お話を伺って改めて感じたんですよね。

吉本　おそらくそれは、あの戦争は一体何であったのかという戦争責任の問題でもありますし、そして戦後、党派性が前面に押し出されたマルクス主義的側面からの画一的な批評機軸をどう打破していくかという問題でもあるわけですよ。こうした問題設定から、僕は『言語にとって美とはなにか』では一種の言語論と文芸論を書き、そしてこの『共同幻想論』ではひとつの国家論、社会論をモチーフとして取り上げたわけで。ただその中でも最も大きいテーマとして、そして日本の国家論を考える上で、天皇制に自分なりの決着をつけたかったということが、この作品を書いた大きな動機であったことは確実ですね。つまり伝説とか説話とか神話からだけじゃなく、いろんなとこから天皇制をはっきりさせなきゃいけないっていう気持ちがあって、その中の大きなモチーフが『共同幻想論』には込められているんですよ。ただ、これを文芸批評と言っていいのか思想的論文だと言っていいのか、あるいは国家論ないしは共同社会についての論理だと言っていいのか。自分でもどれかこれだと言っちゃうと他の部分が抜けてしまう気がするんです。ただ、筆力も旺盛な時期だったから、うまく自分が考えている天皇制も国家論も、それから個人の観念ではなく共同の観念として何となく伝わってるものに対する考察というものも、わりあいに上手くかみ合ったんじゃないかなと思ってますけどね。今考えてみると、「もののあはれ」の部分も相当際どいことを率直に言ってるなという部分もありますし、伝説や伝統のようなものに対する自分の好みも出てるし。そういう意味では、そういったさまざまな要素がうまく統合された文章じゃないかと思ってますけどね。だから今自分で読んでも、けっこう読めるなという感じがしてますけど。

――だからすごくたくさんの問題提起がなされていて、それぞれから膨大な論文が作れるぐらいのテーマ設定がされていて。それが洪水のように吉本さんの中から、家族も性も国家も文学も天皇制も文芸批評も民俗学の問題も怒濤のように流れ出して、それぞれに問題意識といろいろな検証がなされてますよね。それはたとえば『言語にとって美とはなにか』とはまた違う、すごくスケールの大きい思想の奔流のようなエネルギーがありますよね。きっとお書きになってるときは何か取り憑いたような状態だったんじゃないかなという（笑）。

吉本　（笑）それほどでもないんですけどね。でも、その頃考えた言葉でね、普遍文学というのがあるんですよ。いわゆる表現の芸術性が問題になるのが文学なんだという観念をもっと広げていったら、それは普遍文学というものになるんじゃないのかと。だからその頃、俺は何をしたいんだっていわれたら、実際にあるかどうかは別にして普遍文学ってものを想定していたんです。ジャンル別にこれは文芸、これは何っていう考え方をとらなくても普遍文学っていう概念を作れば最終的にその中にみんな入っていくんじゃないかなと考えてましたね。それで相当程度の問題は、歴史的にもそれから現実的にもその範囲の中に入れていくことができるんじゃないかということは今でも考えたりしてますけど。これは柳田國男なんかの影響が現れたひとつの形だと思います。

――『共同幻想論』の中で印象的だったのは、民俗学や社会学の人間はここから先を突っ込んでいくのかもしれないが、私は文学畑の人間なんでここで終わり、みたいなことをお書きになってますよね。あれは一種の本音であり牽制球でもあるなと（笑）。

吉本　そうですね。本音である部分はずいぶんあって。それは世代的、時代的な動向っていうのもあると思いますね。江藤さんの『成熟と喪失』なんかもそうでしたけど、彼は文芸批評という概念から逸脱して、国家論や社会論にまで手を伸ばして、終わりの頃は政治的な論文っていうのも文芸批評という形でやってしまっているんですね。これが文芸批評の逸脱にはならない風潮が時代的にあったんじゃないでしょうか。それは僕らに共通していたように思いますね。ただあの人はやっぱり国家について挫折してないから、政治論文的なものを平気で書くことがあるけど、僕は国家っていうものに対して戦中派で挫折してますから、国家を国家としてとか、政治を政治として論ずるっていうのは極めて苦手であって。なんかどっかに屈折を設けないと政治や国家や民族の問題は扱えないという感じなんですね。素直に政治のことは政治的な文章でやっちゃえという考えはなかなか持てなかったということはあったと思います。ただ今は、一応自分が戦中に天皇制を含めた国家っていうのに持っていたある種の挫折感を、自分なりに解明し終えたといいますか。こだわることは終えたというのがありますので、今では単に日本のことだけじゃなくて、他の国の悪口も平気で言ってますけど（笑）。

■ 呪縛からの解放

――（笑）。ですから六〇年代における吉本さんの最大のテーマというのは軍国少年であった自分が戦争責任の問題にどう決着をつけるのかということであり、そうしたアプローチからこの『共同幻想論』でも天皇制という大きなテーマが設定されていますよね。そしてそこにひとつの素晴らしい切り口として、南島論が取り上げられている。つまりは沖縄における共同体の在り様の中から天皇制以前の日本における国家観や共同体観を考察し、そこから絶対的な日本独特の属性なのではなく、たまたまひとつの政治形態としての天皇制があっただけなんだという非常にクールな相対化が行われていますよね。

吉本　そうですね。たとえば中国には四千年から五千年ぐらいの文化的、歴史的伝統があるわけですけど、日本とか琉球なんていうのは、中国の柵封体制から独立し、いつ頃国家と名乗り出したんだというのを考えていくとはっきりいえなくて。当時の中国は九つの蛮族が中国に属していると考えていて、「倭」はその蛮族のひとつだったわけで、琉球もその連続のようなものだったわけです。ただもともと琉球では女性が神様のご託宣を受け取っていたんですね。村里には巫女さんたちがいて、旅に行くときにはあっちの方向に行っちゃいけないとかいうご託宣を人々に教える人たちがいて、それを総括していた女の人を聞得大君（きこえのおおきみ）というんですね。そして、その兄弟の男が地上の正義を治めるっていう。その形は琉球王朝も古代の日本の天皇制も同じで、皇后が神様にご託宣を受けて、それに則って天皇が政治を行なう。この在り方はアジアの内陸にもないし、それから漢族にも北の蒙古にもないですね。日本とか琉球のような辺境のアジアの島々に独特のものなんだけど、必ずしもそこだけにあるんじゃなくてニューギニアの辺りまでそういう形で初期の王朝や共同体が成立していたんですね。だから今また小泉純一郎が皇室典範を変えて女帝をあり得るようにしようって言い始めてるけど、歴史的に言えば天皇制以前も女帝はいたし、天皇制以後もそれは存在していた。ただ現実を治める天皇の方が主になり、神様のご託宣を受ける皇后がだんだん衰えてきただけなんですね。

――そういった琉球王国の共同体の在り様とか天皇制以前のアジア辺境の共同体の構造

を吉本さんなりに分析することで、天皇制そのものが相対化されていったわけですよね。何度も吉本さん自身がお話されていますが、戦中においては日本独自の、唯一無比の天皇制という非常に宗教的な国家観みたいなものに囚われていて、そしてその中心に吉本さんがいらっしゃったわけですよね。ただ、この『共同幻想論』の中で天皇制の問題がきっちり書かれることによって、戦中派としての呪縛から解放されたというのはひとつの大きい要素だったのかなと思うんですけれども。

吉本　おっしゃる通りで解放されました。それまでその天皇制の問題がずっと引っかかっていて。どういうことなんだみたいな。つまり、他の知識はけっこうあるつもりでいたのに、どうして自分は戦争中に（天皇制に）あれほどのめり込んでいたのかと。他の人ものめり込んでいたから俺もそうだったとは言いたくないもんだから、自分がのめり込んでいたのはなぜかとずっと考えていたんですが、これを書いたことによって当時は解放されましたね。

対幻想の独創性

――そして、この『共同幻想論』のもうひとつの大きな問題設定が〝対幻想〟という概念ですよね。これは『共同幻想論』を非常に素晴らしいものにしているんですが、逆に非常に難しい概念でもあるというか。たとえば自己幻想と共同幻想というのはすんなりお腹の中に収まるんですけれども、この対幻想という概念は対幻想ひとつならまだしも、共同幻想、自己幻想という三つの中の因数のひとつとして登場して、その相関関係の中でどう位置づけていくかっていうのが問題とされていて。これは理解するのがなかなか難しいですよね。

吉本　そうでしょうね。飲み込みがたいと思います。ただ、要するに対幻想というのは一対一の幻想で、一人の人間と他の一人の人間の関係だということなんですね。そして家族とは正に対幻想を根幹としてできてるものなんだということなんです。家族っていうのは一人の人間と他の一人が性を介在として存在している。僕の考えではその家族という対幻想の役割は共同幻想と個人幻想と同等の重さを持ってる。たとえば現在で言えば一番わかりやすいのは、こないだ新聞にも出てましたけど、化学的知識のある女の子がタリウムを母親に少しずつ飲ませて衰弱死をさせようとした。これは、つまり対幻想の共同性が崩壊する兆候だと見てもいい。ただ僕なんかも若い時は家族なんかどうでもいいって思ってましたけどね。太宰治が好きで、戦後彼は崩壊感覚で生きてた人だから「家庭の幸福は諸悪の本（もと）」ってよく言ってましたから。僕らも若くて戦争が終わった数年っていうのはごもっともだと思ってました。だけど自分が年くってみると、よせやいっていう問題が一方で出てくるわけで。それを解決しないといけない。「家庭の幸福は諸悪の本」っていうのはほんとの意味の真実じゃなくて、反語的な真実だというのを解明しないといけない。家族の問題っていうのは国家の問題とか個人がどう生きるかっていう問題と同等の重さがあると思ってますね。

——この対幻想という概念は非常に独創的で素晴らしいんですけど、吉本さんご自身がなぜこの概念を導入したかというのを文芸批評的な文脈から語っていらしたことがあって。この点について詳しく伺いたいのですが。

吉本　ええ。それはつまり、人の言葉というのは共同体におけるパブリックな言語と個的なイマジネーションに属する言語というのがある。ただその二つだけではどうしても解けない問題があるんですね。それは要するに戦中や戦後の文芸批評論争において見られてきたものがそのどちらかでしかなかったわけで、そしてそのどちらにも僕は納得できなかった。ただ人間はそれ以外の言語を確かに持っているはずだという問題意識が僕の中にあったわけなんです。つまり、共同幻想的な言語と自己幻想的な言語を繋げるものが何にもないじゃないかと。だから共同幻想は共同幻想でしかないし、自己幻想は自己幻想でしかなくて、結局世界は何も解けないんじゃないかって。だからこの対幻想っていう言語がきっちり設定されるならば、共同幻想と自己幻想との差をきっちり埋めることができるし、逆に言えばこの対幻想という言語が存在しないがために自分自身は戦後、宙を舞っていたところがあったとも言えるんですね。で、そもそもなぜそんなことを問題にしたのかっていえば小林多喜二の小説ですよ。たとえば『党生活者』っていう小説がありますけど、これは主人公のある男が女の人と共同生活してるわけですけど「俺は革命運動をやっているんだから、お前は夜の商売かなんかでもってお金を工面して俺の生活も支えてくれるのは当然じゃないか」って公然と言うわけですよ。そして女の人は足がむくんじゃうぐらい苦労しながら、レストランとか飲み屋で亭主のために働いてるわけですよ。それで夫婦ゲンカが起こるわけ。男のほうは「俺は革命運動をやっているんだから、お前がそのくらいして俺の生活を支えるのは当然じゃないか」と言う。これはおかしいじゃねえかというのがひとつの動機でしたね。この問題は大論争にもなって『近代文学』の同人、埴谷雄高や平野謙と中野重治みたいな正規の共産党員との間の論争の的でしたね。「これはヒューマニズムに欠けてるじゃないか」って平野さんたちは言うわけ。中野重治は「革命運動はそんな簡単なもんじゃないんだ。それは当然だ」とまでは言わないけど、「ちゃんと小説を読むと、足がむくんじゃったってその人の足を主人公は揉んでやったりしてるじゃねえか、別にないがしろにしたわけじゃないんだ」って言うわけです。僕は読者としてこの小説を読むとどこかおかしい、何かが欠けてる、何かを入れないとこれはダメだって思いましたね。

——そこで対幻想という概念を取り入れたのは、吉本さんの中で人間の言語として、自己幻想の言語と共同幻想の言語以外にちゃんとそういう対幻想の言語があるはずだという思いがあったんですよね。そこがきっちり対象化されなければ納得できないし、社会の構造を読み解く上でこの対幻想という言語の要素がない限り、共同体や社会との関わり方、あるいは人と人との関わり方を解いてもそれは全部机上の空論であり、形式論的なものになってしまうという強い思いがあったんですよね。こういう問題意識が『共同幻想論』をすごく立体的な著作にしたんだと僕は思うんですけど。

吉本　それはおっしゃる通りですね。

新たな問題意識

――で、この『共同幻想論』は本当に数多くのテーマが内包されていて国家論から家族論、天皇制から個人の問題まで、それぞれのテーマにおいてものすごく長い道筋が用意されていますよね。ただそれぞれのテーマについて一人の人間が全てやれるわけでもないし、またこの歴史上でそれをやった人はいないわけで。
吉本　やろうと思った理想主義者はいたんですけどダメなんです。どっかに重点が必ず行くんですよね。
――それは吉本さんの資質上どうしても文学的なものになる。あるいは文芸批評的なものになる、つまりは言語になる。ですから『共同幻想論』において始められた共同体論や国家論というのはとりあえずここでおいといて、他にそういう仕事を専門にする方がたくさんいるんだから、あとはこれを継いでもらって、この問題意識においてそれぞれの仕事をやってくれればいいんじゃないという、そういう感じなんですかね。
吉本　いや、僕はまだやるぞと思ってますよ。自分の中のテーマとして、まだまだ終わってないぞって。この問題は増殖していく要素があるから、ちっとも終わってないと考えてますけどね。これで俺のやることは終わったという達成感はないですね。まだまだやることはいっぱいあると思ってて。だから、本格的な意味で（『共同幻想論』を仕上げたという）達成感は全然ないですね。まだまだ中途半端だという、そういう感じが本音ですね。

第八章

「花田清輝との論争」

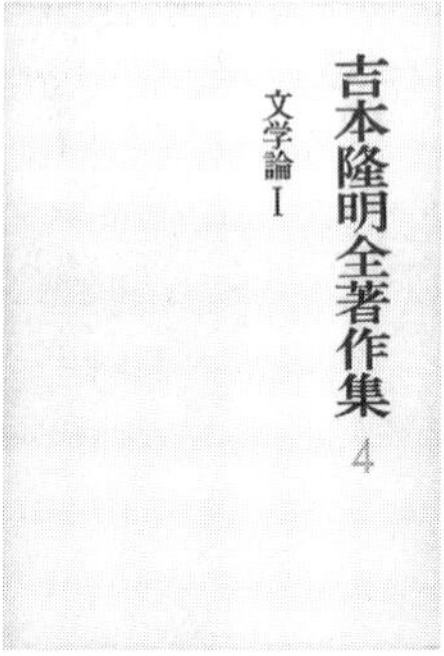

「花田清輝との論争」

「アクシスの問題」「不許芸人山門」等、主に花田批判で構成された論稿のいくつかは、『吉本隆明全著作集４』（勁草書房）に収録

1956年から60年にかけて激しいやりとりが展開されたいわゆる「吉本・花田論争」は、双方の応酬の過激さもさることながら、文学者の戦争責任問題や芸術運動の是非など、その争点の性格という点からも時代を映し出す象徴的な論争であった。そもそも花田清輝は吉本隆明と15歳ほど年の離れた言論人であり、彼の言葉を用いるならば、吉本は戦後台頭してきた“ヤンガー・ゼネレーション”に位置していた。つまりこの両者の間に存在する決定的な断層とは「戦争体験の差異」なのである。戦前からマルクス主義を受容していたため「皇国史観」の洗礼をほとんど受けず、泥沼に陥る国の行方を外野から見つめていた花田清輝に対して、「軍国少年」として正面から戦争にコミットし、特攻隊員であった級友の「死」にも直面した吉本隆明――この両者の間に決して交わることのない価値観の相違が生じるのは必然であった。

不意打ち的な論争の始まり

——今回はいわゆる「吉本隆明—花田清輝論争」についてお話を伺いたいのですが、まず前提として確認しておきたいのは、そもそも吉本さんは自分の思想的な対立者として、明確に花田清輝という人を想定していたわけでは決してなかったんですよね。

吉本　よくご存じですね。全然そうではなかったんです。当時『新日本文学』の支部会っていうのがあって、そこで『現代詩』っていう雑誌を出してたことがあるんですよ。黒田喜夫という詩人が編集者の頃です。その雑誌で対談をしてたら、全く不意にあの人が怒り出したんですよ。僕はなんで怒られてるのかわからなくて、唖然として。その対談も何が何だかわからないうちに終わっちゃったんです。ただ僕の理解の仕方では、花田清輝が共産党の党員として頑張りどころだって決心したんだって思ってます。僕は元々共産党の悪口ばっかり言ってたから、思い当たるとすればそれしかないんですよね。要するにお前は共産党員でもないのに共産党の悪口ばかり言うのはけしからんと。それはきっとあの人なりの情勢判断といいましょうか。僕なんか知りもしないし、わかりもしないんだけど、共産党内部でのいろんな関係の中での判断だったんだと思いますけど、それで突然やり出したんですね。ただ、その対談が終わってから「お茶を飲もう」って言われて、「今日は言い過ぎたかもしれないな」って弁解をしてました。いや、言い過ぎたって言われてもこっちは何が何だかわからねえんだからと思ってましたけど（笑）。それが初めてですね。ただ、もう少し前からのいきさつもあって。戦後数年経った頃に、あの人は『日本抵抗文学選』っていう本の編集を出版社から頼まれて。そこで「君も詩を出してくれないかな」っていう話が僕にあったんですよ。ただご存じの通り、俺は戦中は戦争反対じゃなくて戦争賛成だったわけで。抵抗のほうに思いをかければ抵抗したってことになるんだけど、俺はそういうの嫌だから。むしろ逆に〝戦争詩選〟っていうのを作って、くだらない戦争便乗詩ばっかり載せるんなら、俺も詩を出しますけどって言ったんです。あの人は憮然としてたけど（笑）。無理して抵抗文学選なんて作っても、それは戦争に関係ないんじゃないかと思って。最初はそこからですよね。で、その後『現代詩』の対談で突然怒り出したっていう。だけどあの人なりの情勢判断があったんでしょうね。つまり毛沢東の紅衛兵問題と同じで、(当時の共産党の)幹部が堕落してたからそういうのに発破かけなきゃいけないって。あの人は忠実なる共産党員ですから。そしてそういう堕落した人間の親玉は僕だっていうね。つまりあいつをやっつければ、大体収まっていくだろうという情勢判断だったんじゃないかな。

花田清輝の評価

――そうですよね。つまり花田清輝にとっては、今若手の評論家の中で台頭してきている吉本隆明という人間、しかも従来型の左翼思想とか共産党シンパとも全然違う、非常にややこしい形で戦争責任を追及してくる人間がいると。そうした意味で叩いておこうという、花田さんとしてはひとつの戦略性に基づいて動かれた。ただ一方で吉本さんにとっては花田さんは敵どころか、むしろそれまでの花田清輝の仕事を評価なさってたんですよね。

吉本　そうなんです。あの人と埴谷雄高を僕は、肯定的に評価してたんですね。ただ、そのあとにあの人が仲のよろしい人たちと〈記録芸術の会〉っていうのを作ったんですよ。その発会式の時に、始まっちゃったんですね。僕は別に敵対的に考えてなかったけど、ただ〈記録芸術〉なんてのは文学理論的には全く問題にならないと思ってましたね。ただ彼にとっては最後の試みだったんです。つまり共産党のしかるべき、世間からはよく評価されてる人たちを中心にして、日本の芸術や文学全体を包括する組織を作ろうとしたんです。ただ、その発会式の時に、村松剛という文学的にはしっかりしたことを書いてた保守的な批評家と『現代批評』を僕らと出してた同人である武井昭夫という全学連の初代の委員長だった人間が喧嘩になってね。「あんな奴が入るなら俺はやめる」って武井が言い出したんですよ。村松は「私のどこがいけないのか説明してくれ」って言い出した。武井は説明も何も、保守的な文学者っていうレッテルが先に来てるから、そんなことは問題にならない。そしたら今度は埴谷さんが「俺は共産党には反対だけど、俺もやめなきゃいけねえのか」って言い出したり、もうしょっぱなからゴタゴタになっちゃって（笑）。

――ははは。

吉本　仕方がないから、俺はこの場で決着をってことじゃなくて、もう一度論議するっていうことでもって、この場は打ち切ったほうがいいんじゃないかという妥協案を出したら、花田清輝は「そんなバカなことでこの発会式を無駄にしちゃうのはよくない、俺は反対だ」とか言い出したから、もう何が何だか収拾がつかなくなって。その収拾がつかないところで花田清輝は会は会として成立したっていうことにしたかったんでしょうね。それからです、公の、大っぴらな論争になったのは。『中央公論』とかでやり出したんですね。ただ、実のある論議はあまりなくてただ悪口ばっかり、罵倒するだけ。でも唯一、文学論争として成立したことで言えば、その頃、シュールレアリズムとアブストラクトの二つを総合して社会主義リアリズムに行くっていうのが花田清輝の芸術・文学理論だったんですよ。それは当時の情勢では若い人たちによくウケたんです。ただ、僕は同人雑誌では既に「社会主義リアリズム論批判」っていう文章を書いてて。芸術とか文学というのはそう図式通りに行くものじゃないし、結局芸術は個人の創造に関するもので、どう頑張ったってそれ以外のものになり得ないものなんだから、社会主義リアリズムなんて一番ダメなんだっていう論を展開していましたから。そんなふうにして書かれる芸術なんていいわけないいんだ、芸術なんてそういうふうに意図してできるもんじゃないんだっていうのが僕の論議の中心で。花田清輝の場合は、いわゆるソ連の共産党の、しかも末期症状になったスターリン支配下における芸術理論で、つまり芸術的価値と政治的価値の二つが両方総合されたものがいい芸術なんだっていう論理なんですよ。ただ僕らも戦中は専ら天皇制だったので、こうした芸術理論は珍しい、今まで聞いたこともない、これは勉強になるなって思っていたんだけど、よくよく考えてみると自分が詩を書いていることとこの理論がちっとも合わないんですよね。芸術なんてこう機械的にできるものでもないし、変えられるものでもない。もし機械的に変えるのならば、それは表面だけの芸術になってしまう。そんなのわかりきったことじゃないのか、というのが僕にはあったんですね。

吉本隆明の「花田清輝論」

――つまり花田さんは、基本的に芸術というのは芸術運動の中にあって、そこにこそ個々の芸術家の創作的行為も存在しているという、運動ありき、論理ありきの思想なわけですよね。それに対して吉本さんは、作家の内部にある表現としての必然性を主張されていて、それがその後『言語にとって美とはなにか』で書かれる自己表出や指示表出という考えに繋がっていくわけで。ただそういった文学・芸術理論上の対立点に加えて、戦争責任という重要なテーマにおいても、花田さんの芸術運動的なるものは最も排除しなければいけない、対決しなければならないものだったと。それはつまり花田さんの芸術運動ありきという方法論そのものが、結局は共産党あるいは前衛運動といった党派性の衣装をまとっているのであって、そうした構造自体が戦後の戦争責任というテーマにおいても一番問題なんだということなんですよね。そこで吉本さんは巧妙な論争の手法によって、花田清輝の芸術運動理論批判から、花田清輝の戦争責任、そして花田清輝の転向という問題を追及していくんですよね。だから変な言い方かもしれないですけど、吉本さんによる論争という形での「花田清輝論」になっていくわけなんですよ。

吉本　つまりそれはあの世代の左翼の人には全般的にあったことですよね。またそれが自分たちの弱点だってこともよく知ってるもんだから、みんな隠すわけですよ。だけど僕らは花田清輝、あるいはこの年代の人のどこを突けば、言いようがなくなってしまうというのはよくわかってて。つまり彼らがリベラリスト面して何かを言い出したのは戦後であって、戦中にそういうことを言ってくれた人間なんかひとりもいないんですよ。僕らの世代は大学在学中に戦争が終わったわけですけど、上の世代を眺め渡してリベラルな人間なんてどこにもいなかったから、この人たちの弱点はここだっていうのはよくわかっていたんです。でも、あの人たちは隠すしかないんですよ。たとえば花田清輝に関して言えば、あなたは中野正剛の東方会にいたじゃないかって。中野正剛っていうのは、当時日本で一番モダンな右翼ですよ。モダンな右翼っていうのはナチスのヒットラーと同じで、要するに高度資本主義とくっついたファシズムなんですよね。つまり日本で唯一の西洋的なファシズムというのが中野正剛の東方会だったんですよ。で、あの人は戦前は左翼だったんですが、戦争中に東方会に入っていたわけで。当時、東方会の『東大陸』っていう雑誌が出てて、その雑誌であの人はモダンなファシズム的政治とか経済関係の論文とか、そういうのを書いてたんですね。ただそれを読むとね、割合に良心的なんですよ。取りようによってはこれは左翼的にも取れるなっていう、くだらないファシストに比べれば割合に良心的なものだったんで、そこまでを評価するならば真っ当なほうの右翼だったんですけど。しかし、そういう花田清輝的な人は他にもたくさんいたんですね。要するに〈花田1〉でH1、H2っていうのはたくさんいたっていうふうなことを言う（笑）。そうすると、ここがあの人たちのダメなところだと思いますけど、「それの何が悪いんだ」って言えばいいのに言わないんですよ。当時はこういう情勢でこうだった、だから言論も右翼的になることはあり得るんだってことを真っ当に反発して言えばちゃんと済んだわけだと思うんですけど、みんな言わないんですよ。隠すんですね。埴谷さんにしたって、決していいことばっかりしてたわけじゃないんですよ。大体いいことしてたら、みんなクビが飛んじゃってたはずで、つまりどこかでインチキしてたってわけなんです。僕らは本心からして少しも隠したりする理由がないわけですから。そのときは大真面目でやってたんだし、他の言論もないんだから文句言われる筋合いはないっていうのが僕らの言い分ですから。だからあの世代の人はみんなそうなんですよ。それは最後の究極的にダメな点で。それで花田清輝も最後には居直ったわけですよ。晩年ですが右翼と左翼なんて論理を表に出すか、あるいは心情的な民族意識を表に出すか、その違いに過ぎないんだってそう居直ったんですね。こんなことを最初からあの世代の人間が言ってれば、論争にも何もならなかったわけで。埴谷さんや花田清輝という、左翼の中では一番優秀な人たちをはじめとしてみんながそういう隠し方をするから、僕らから言わせれば何を言うんだっていうことになっちゃうんですね。

論争の落とし穴

——戦争責任をどうとるのか、あるいは転向というのをどう考えるのかという上において花田清輝の持ってる党派性、それはつまり右翼であれ左翼であれ、あるいは芸術運動という形での党派性であれ、そういう形での――。

吉本　政治性みたいなものですね。

――そこから逃れない限り、最終的に自分自身の戦争というテーマを止揚することができないわけなんですよね。ですから花田清輝が芸術とは芸術運動だという明確な党派制を掲げて登場した時に吉本さんは闘わざるを得なかったと。で、論争を進めていくうちに、なぜ花田清輝がそういう党派性を持つに至ったのかっていうところに進んでいくわけですよね。その中で吉本さんがどんどん明らかにしていくのは、花田清輝の戦後責任、あるいは戦争責任というのは何だったのか。東方会になぜ彼はいたのか、そして東方会にいたっていうことが戦後の共産主義運動、芸術運動とどう関わったのか。そこが吉本さんがおっしゃるように花田さんのアキレス腱でもあるし、あるいはあの世代の優れた日本の知識人の持っていた宿命的な原罪のようなものであるということを浮き上がらせていくわけですよね。本来、花田清輝というのは非常に論争の上手い人だったんですが、吉本さんのそういう追い込み方に、どんどんアリ地獄にはまっていくようになってしまう。俺はあのときこんなリベラルなことも言っていたんだみたいな。逆にそのとき一番言ってはいけないことを発言してしまうわけですよね。

吉本　そうですね。だから僕が思う花田清輝の文学者としての本領を発揮した時期っていうのは、最後の頃——つまり『小説平家』みたいな歴史物の小説を書いた時なんですよね。あれはいいもんですよ。花田清輝の本質が出てる、しかも党派性を出してるっていうようなこともない、非常にいいものですね。読者の方は、その頃はもうあの人は隠居したっていうふうに思ってるかもしれないけど、僕は初めて花田清輝らしいっていうか、芸術家としての花田清輝の本領をここで発揮してるなというふうに僕は見てましたけどね。

よりエモーショナルな糾弾へ

——で、吉本さんの視点からこの論争を見ていくと、要するに後半になると吉本さんはどんどん花田さんに容赦なくなっていくわけですよ。少し悪い言葉で言えば、情緒的でエモーショナルになっていくわけですね。そこでの主要なモチーフは、俺たち世代の死んでいった人間を知っているのかと、その俺たち世代に対して何を言えるんだという、吉本さんの本音が生々しい形で書かれていくわけですよね。ものすごく心情吐露的、情緒的なものがストレートに原稿に出てきたのはなぜなのでしょうか。

吉本　僕があまり口に出せないような反省があるとすればそこでしょうね。ただ、僕の中では戦争責任の問題と同時に、まず日本国——それは天皇制以降の日本国でもいいんだけど——に対して正確な評価を下すためにいろいろ考えたりしてきたっていうことも片方にあったんです。つまり、誰がどうだとか、そういう問題であの戦争になったというわけではなく、日本国そのものがどうなんだっていう追求があったわけなんで。これはやっぱり自分で追求する以外ない。それはこの論争の影の部分っていうか、僕にしてみればプラスの部分っていいましょうかね。あの論争はただの罵倒の仕合いだという話もあるかと思うんですが、日本国の支配構造とか社会構造はどうなんだっていうことに僕らが一生懸命考えて、自分なりの論理を作り出したというプラスの部分もあったということでしょうね。

〝遠慮〟の文化

――またこれ以降も吉本さんはたくさんの論争をされるようになって、悪い意味合いだと非常に好戦的な評論家だと言われるようになってしまいますよね（笑）。ただ、吉本さんの資質としては、そういった好戦的な方ではないと思うんです。なぜこの論争を経てから、こうしたスタイルになられたのかというのを、お訊きしたいんですが。

吉本　元々自分では引っ込み思案で、わりあい受け身の人間だと思ってるから、そういうことは滅多にしたくないっていうのはありますね。もうひとつは老練になって、少し円熟したってていうかね（笑）。そういう面もあるのかなって思います。だけどどうしても終わりにならないんですよね。戦争責任でもいいし、花田清輝との論争でもいいけど、そういうことの延長線からどんどん広がっていって、これは自分がやらなきゃならない課題がなかなか終わりにならないっていう思いがあるんですね。あと僕の論争が好戦的だっていうことに関してひとつだけ言うとすれば、戦争中まで僕は日本の一般の民衆っていうのはものすごく遠慮深い人種なんだなっていうふうに思ってきましたけど、戦争が終わったときに、少なくとも僕はそういう意味合いの遠慮っていうのは日本人の一番の悪徳であって、そこが治らなきゃ何をやっても、何を言ってもダメだよって思っているぐらいで。こういう遠慮が僕らは奇妙な世代なもんで、ないんですよ。どうしてないかっていったら、支配とか指導っていうことは意味がないんだ、そんなものは当てにすることはできないんだっていうことを戦中と戦後の変わり目で徹底的に体験したからなんです。最後はやっぱり自分で生きていくんであって、ましてや政府高官がそういう世話を責任を持ってやってくれるなんてことはあり得ないんだよと。そういうことを考えた年代だから、変な意味での遠慮というのは無駄なことだっていう、そういうことが影響してるのかもしれませんね。

第九章

『心的現象論』

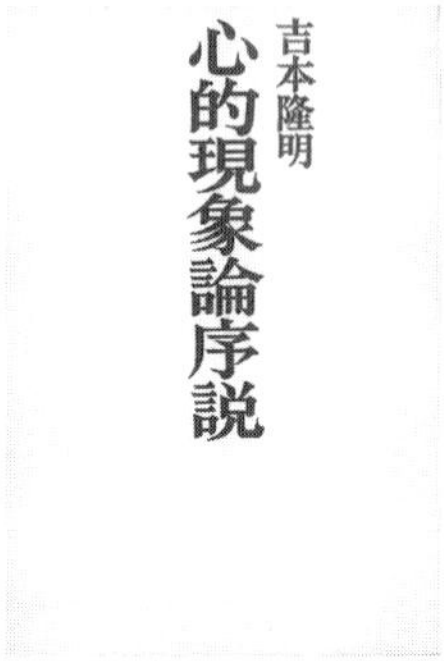

『心的現象論』

1971年 『心的現象論序説』が北洋社から刊行される（本論は1997年の雑誌『試行』終刊まで連載）

1965年に発行された『試行』第15号での初掲載から、約30年にわたる長期連載になった『心的現象論』は、その膨大な原稿量と極度の難解さにより、未だその全貌が捉えきれられたとは言い難い。ただその根底にある問題意識は、『共同幻想論』の「序」で実に明解に記されている。それは「表現された言語のこちらがわで表現した主体はいったいどんな心的な構造をもっているのかという問題」に他ならない。つまり本書の序説で展開されるフロイトやベルクソンといった過去の精神分析理論の詳細な読み解き、そして本論における各器官の知覚的構造を問う「身体論」なども、あくまで言語表現を行う人間の心の動きを解明するためのひとつのモチーフであり、最終的には全て文芸批評的な問題意識に帰するということなのである。

吉本思想の根幹を成す三部作の位置づけ

――本日は、『心的現象論』についてお話をしていただければと思います。言うまでもなく『言語にとって美とはなにか』『共同幻想論』、そしてこの『心的現象論』の三冊は、吉本さんの思想の根幹を成す著書という位置づけだと思うのですが、まず僕なりの前提からちょっとお訊きしたいんです。つまりこの『心的現象論』の基本的な発想というのは、『言語美』『共同幻想論』の二冊と同様に、文芸評論の中における党派性を排除し、どこまで文芸批評そのものが自立的な価値観というものを持てるかということへの挑戦だった、というふうに理解してよろしいんでしょうか。

吉本　ええ、それで結構だと思います。要するにこれは文芸批評の基礎作業だと思ったわけですよ。たとえば小林秀雄みたいな人は、精神や観念の塊が言葉になって、その言葉の塊が文芸批評になるという形が実に見事にできてるわけですね。ほんとはそういうところまで行きたかったんだけれども、それは既に遅しっていうかな（笑）。ある青春の時代にそれをやってないと、できないですね。じゃあ小林秀雄なんかがやらなかったことで何かないかと。そこで言語を根幹に据えて、言語の表現を――つまりは小説とか詩とか文芸批評の問題を、捉えてみようと思ったんですね。だから中途半端っていえば中途半端だけど、一番活発な精神的な働きがある時だといえば、そうですね。

――ただ今の言い方は、非常に吉本さん的な謙遜表現だと思うんですよね（笑）。

吉本　いやいや（笑）。

――確かに小林秀雄の場合、まさにひとつの観念がひとつの言語作品を創り上げ、そしてそのエネルギーや作品性が、それこそ小説や詩やなんかと拮抗し得るものとしての文芸批評を成立させると。一方、吉本さんにとっては敗戦という事実を前にした政治的な激動期と価値観の転換というのは、真に揺るがない、自立的な思想とビジョンを形成することに繋がっていくわけで。すなわちそれは一切の党派性等々に影響されない、あくまで論理的にきっちり構築されたものを創っていくんだという明確な意思なわけで。つまり「小林秀雄ができなかったから、俺はこっちに行くんだ」ではなく、実は、「これしかないだろう」という確信が吉本さんの中にはあったんじゃないかと。

吉本　うん、うん。

――という理解でよろしいんでしょうかね。

吉本　はい、結構だと思います。それは、ちょっと誉め過ぎなところがありますけど(笑)。

――(笑)。たとえば『共同幻想論』のビジョンも『言語にとって美とはなにか』のビジョンも、そして『心的現象論』のビジョンも、吉本さんの頭の中では一気に出てきたんでしょうか。それとも、一個一個出てきたものなんですか。

吉本　それはほとんど同時に出てきたというふうに言えるんじゃないでしょうか。たとえば『共同幻想論』を書いたときに、こういう分類の仕方をすれば、相対的には全ての精神、あるいは全ての観念が関与する部分に適応できるんじゃないかということは、わりあいにはっきりしたんですね。だからほとんど同時じゃないかと思います。

――では『共同幻想論』も『言語にとって美とはなにか』もそれだけでは完結しないし、

つまりは『心的現象論』もそこで存在しない、吉本さんの考えていらっしゃる思想のトータルなグランドデザインというのはできないという、そういう認識だったんですね。

吉本　ええ、できない。それはそうだと思います。

――ただその段階で、「これはとんでもなく大変なことになるなあ」とは予想してなかったんですか。

吉本　いや、そのときはえらいこっちゃなあ、とは思ってなかったんですけど（笑）。たとえば、問題意識が拡大していくのではなく収縮していくようになったのは、まあやっとこの頃ですよね。

――それはこの三部作でそれぞれ吉本さんが考えられてきたテーマが、統一的にある程度落ち着き始めたという感じなんですかね？

吉本　ええ、そういうことだと思います。それはたとえば、経済的な問題を含めた現状分析も含まれるといいましょうか。そういった周辺との連関のようなところもこの頃はわりに見えてきたなっていう感じですね。当初はそんなことは予想もしないで始まったわけなんですけどね。

揺るがない文芸批評としての立ち位置

──たとえば『共同幻想論』が国家や政治といった社会の枠組みを、そして『言語にとって美とはなにか』が言語表現の芸術としての評価をどう考えるのかという営為だったとすると、『心的現象論』というのは、ものすごくざっくり言わせてもらうと、要するにタイトルにもあるとおり「心とは何か」「心はあるのか?」という検証を吉本さんなりになされた本ということになると思うのですが。

吉本　はい。僕も、普通の言葉で言えば、心の問題だよなあと思ってましたから。で、それは文芸批評の軸から考えると、単なる嬉しい、悲しいではなく、本当に「悲しい」とは何なのか、人の心の動きとは何なのかという基本的な認識基準を持ってないと、結局は感想のまた感想にぶれていくというすごく不毛な行為が行われてしまうということなんですね。だからこそそこを設定しようというのが、この『心的現象論』の基本的なモチーフなわけなんです。たとえば小林秀雄って人は、観念と言ってたり、精神と言ってたりしてますけど、心というのは、あの人にとっては実在の物質なんですね。つまりお茶碗が実在の物質だと言うのと同じように、あの人は観念というのも物質だと思ってました。だからあの人が心というものを表現すると、もう目の前に浮かぶように表現できてるわけですよね。びっくりして、これはちょっと、我々にはできそうもないなあっていう感じでした。つまり、観念論というのはどういう段階でどういうふうに書かれていようと、唯物論と敵対するもんだというのが、あの人の重要な哲学の要素なんですね。もうひとつは、これを言われたのは読者の人なんだけど、ある日交通事故に遭って、片方の手を切ることになってしまったと。ただ、そうなってしまったんだけど「これがどういうことかっていうのが全然わからないんです」って電話で言われて。要するに今まであった手がなくなると、不自由なことがすぐに出てくるわけですけど、ただそこに〝幻肢〟っていうのは残るらしいんですね。つまり、ないんだけどあるというイメージだけがいつまでも残ってしまう。それを心の問題としてどうしていいか、どう考えていいのかということについて、こっちは何も答えらんない。悩みはわかるけど、「これはどういうことだ?」って言われたって、言いようがないんですね。それについては考えましたね。

精神医学との距離感

――そこで吉本さんは〈関係〉と〈了解〉という二つの大きな軸を設定することで、心はどう機能し、そしてどう人間の中に存在しているのかというのを浮かび上がらせていくわけですよね。ただその部分があまりにも難解なんで(笑)、多くの点でこの本は誤解をされていると思うんです。たとえば『心的現象論』の冒頭では、フロイトはこう語り、それに対してこうしたフロイト批判があるといったいろいろな分析や解説が書かれている。ただ吉本さんの基本的なモチーフというのは、当時の精神分析における最前線の研究成果を出したいわけではないわけで。要するに基本は「心ってどこにあるの?」という原則論を浮かび上がらせるために、いろいろな道具を使ってその問題に向き合っているのであって、つまりは「文芸批評」なんだという基本ラインが見えないと、研究レポートみたいな理解をされてしまう。この点については吉本さんはどうお考えなんですか？

吉本　それはたぶん、そのときどきにこりゃわかんねえやって心理学や精神医学の本を読んだりしたんですけど、みんなそれぞれ専門分野だから形はよくできてるんですね。たとえば精神医学の専門的な本を読むと、人間の心の特徴を三つに分類してある。それは分裂病と、躁うつ病と、もうひとつはてんかんですね。大体人間が病的になっていくと、そのどれかに入ってくよと。たとえばそういった精神医学の分類にこう……僕の言い方で言えば頼るようになった。すると確かに客観的に読んだ人にとっては「何だこりゃ。精神医学が言ってることの復習じゃないか」と見えちゃう。ただ、これはあくまでも文芸批評の基本にある問題をやろうと思ってんだよって。これは僕が政治的なことに発言するときもそうですね。基本は文芸批評から得られた問題意識であり、そこを政治的な形で対応させるとこうなるっていうやり方なんです。だから、僕の中での基本は変わらないんだけど、そのときどき参考にして読んだもの自体の強さに引き込まれていったという要素はあるんじゃないでしょうか。

――つまりここで引用している精神医学の概念は確かに古いかもしれないけれども、それによって何らかの基本的な構造がぶれたりすることはない。つまり「心とは何か、心は存在するのか」という基本的な構造は全然ぶれてないよということなんですよね。

吉本　ええ。だから、ときどき誤解されたりしますけど僕は基本的にいつでも文芸批評をやる人間として、文芸とか芸術の価値はどういうところにあるのかというところからは絶えず離れないようにと思ってるんですけどね。

――そうですね。ですから多くの精神病理学者の場合は、そこからどうこれを治すのかという臨床医的なアプローチに当然なっていくんですが、吉本さんの場合はそうはならないわけですよ。つまり吉本さんにとっての精神医学的な症例が興味深いのは、心が歪むということは歪む心があったからなわけで、それによって心の存在が確認され、心の機能が確認された。で、そこでおしまいなわけですよね。

吉本　ええ、そうなんですね。

――ですから、吉本さんの立ち位置っていうのはかなり独特なんですよね。

吉本　だからやっぱり文芸批評なんだよって言うより仕方がない（笑）。学問ではないし、それは別に志してもいないという。だから僕も参考としてはいろいろな本を読み、いろいろな精神医学者の話や意見を聞いて、感想を言い合ったりすると時には話は合うんだけど、ある地点から精神医学者は自分の専門に行っちゃうんですよね。そうすると僕なんかにとっては「ああ、もう違うぞ」って。じゃあ、こっちはどこへ行けばいいんだっていったら、やっぱり文芸批評に引き返してくる以外にない、そういうことになりますからね。

『心的現象論』が目指した広大な地平

――で、先ほど伺った〈関係〉と〈了解〉という二つの軸によって、心の存在や機能を理解していくのは『心的現象論序説』の部分で、その後本論に入るとそれぞれの身体器官がどう認識し、知覚するのかという「身体論」のディテールをひとつひとつ詰めていかれる。つまりかなり研究的なアプローチに入られていくわけですけれども、僕なんかから見ると、これはなかなか終点がないんじゃないかなあと。つまり序説の中で、心はあるんだというひとつの結論が出た段階で文芸批評的にはオッケーなんじゃないかという気もするんですが。

吉本　そうでしょうね、オッケーなんですよ。それより先のことは、人それぞれでずいぶん違いますからね。そこはやっぱりね、こりゃ無理じゃないかなと思う。

――ははははは。だからこの『心的現象論』は、本論に入ってあまりにも広大な砂漠に踏み出し過ぎちゃったのかなあと。たとえば序説の部分で了解可能な心っていうものの存在が確認され、証明されれば、文芸批評的には成立し得るのではないかと思うんです。たとえば『言語美』も『共同幻想論』もあそこから踏み出していこうと思えば、それこそ人類が誰も足を踏み入れてないような広大な大草原が広がっているわけですけれども、最終的にはある一定の地点で完結をした。ただ、何ゆえこの『心的現象論』は、そこで止まらずに本論まで行っちゃったのかというのが僕には不思議なんですね。

吉本　それは結局ね、個人の心の働き方と複数の人間の心の働き方――つまり『共同幻想論』が扱っているような領域があるとしたら、ひとりの人間の中に共同幻想的な領域と、個人の心の働きの領域があるし、またその中間には性を基盤とするもの――僕は「対幻想」という言葉を使ってますけど――が、ひとりの人間の中で繋がってるんだよっていう、自分ではそこでやめてるつもりなんですけどね。ただ僕が素人の好奇心から、その専門の分野の人が書いたものに深入りしてしまったのでよけいわかんなくなっちゃったっていうというのは、僕なりのひとつの弱点だとは思います。だから求心点だけを取り出していくと、個人幻想と共同幻想っていうのはどこで繋がっていくかということなんです。それからもうひとつは「心が逆立ちする」っていう表現はおかしいですけどね（笑）、個人幻想と共同幻想が繋がっていくところまで来ると、心が逆さまに機能するということがあるわけなんですよ。これはたとえば岸田（秀）さんのような心理学者の人はいくら説明しても納得しないわけなんです（笑）。つまり、個人幻想が複数集まったのが共同幻想だとこう思っているわけ。だけどそうじゃない。個人幻想が共同幻想に行くときには、個人幻想は逆立ちしちゃうというのが本質ですよと。それは東洋ではなぜかそう考えにくいんですけど西欧のほうだったら簡単な話で。たとえば共同幻想としての国家というのを考えた場合に、向こうの人は普通の心を持った個人が集まったのが国家の共同幻想だとは考えてないんですよ。つまり個人が集まると、途中でねじれがあって、その個人の幻想が逆さまになると考えてる。だからたとえば政府っていうのがあるとすると、政府というのは要するに逆さまになった心の集まりだということなんですね。つまり、安倍さんという総理大臣がいるとしたら、安倍さんの総理大臣としての機能というのは、要するに観念、つまり精神の働き方だけが機能してるだけで、あの人個人が何が好きで、何が趣味で、どういう性格を持ってということは関係ない。観念の問題であり、心の問題なんですね。

――となると要するに、『心的現象論』で吉本さんがずっと考えてらっしゃった心の働きや身体論、あるいは様々な認識論や知覚論は、たとえば『共同幻想論』における対幻想の問題、個人幻想の問題、そして共同幻想の問題――そうした多くのモチーフが非常に統一的に機能し始め、それによって世界を了解していくんだという手応えを吉本さんは、感じられたということでしょうか?

吉本　そうですね。だから僕は決して専門家や医者のように治療をしながら薬を飲ましてとか、そういう領域にはちっとも踏み込んでないんです。心の問題だけにしか踏み込んでないつもりでおるわけですけどね。そうやって別に俺の問題じゃないよっていうふうなことは、わりあいによく心得ていて。ただときどき逸脱することもあるんだけど(笑)。

「詩作」としての三部作

――僕も若い頃から必死になって『共同幻想論』『言語美』、そしてこの『心的現象論』という三部作を読んだんですが、とにかく難解で(笑)。ただロック評論家としてかなり素人的な認識をするならば、つまりこれらは吉本さんの詩なんだなあと。

吉本　ああ、はい。そうですね。

――要するに、最初に吉本さんがおっしゃいましたけれども「俺は小林秀雄にはなれない。だったら小林秀雄とは全く違う形で文芸批評を書いてやるんだ」と。そのときに吉本さんの取られた方法は、ひとつひとつ心の問題や社会の問題、あるいは言語の問題をどこまでも論理的に突き詰めるんだけれど、それは言語学的、心理学的、あるいは政治思想的な問題ではなく、文芸批評という基軸の中においてその在りようを理解していくということだったんですね。すべてはそういう試行錯誤の中における、非常に論理的な営為なんですけれども、最終的に詩を書くための、文芸批評という詩を書くためのプラクティスであったんですね。

吉本　いや、そう理解してくれるともう、僕も文句言うことないですね。また僕がここ数年の間に考えついたことがあるんです。これまで僕は言葉というのは自己表出と指示表出という、二つの要素から成っているという言い方をしてきましたけど、言葉と芸術的表現との関係の場合、言葉っていうのは自己表出と指示表出の「織物」なんだ、ということなんですね。つまり概論としては、分離して説明する以外にないんだけど、ほんとは言語というのは織物でこれは分離できるようにはできてないよ、ということなんです。だから「精神医学とか、心理学とか、言語学とか、いろんなことに口を出して、余計なことを言ってるけど、おまえは何をやってんだ」と言われたら、今ならたとえば言語に関してなら自己表出と指示表出の織物なんだ、ということを言わないと、芸術あるいは文学にはならんのですよ、ということなんですね。

――また逆に言えば専門的に読んでも、ここまでクオリティの高いものでなかったら、突っ込まれてなかったと思うんですよ。

吉本　ああ、はい。

――あまりにも一個一個が、そのジャンルにおいても高い領域に行っちゃったもんだから、「これは言語学的にどうなんだ!」「これは心理学的にどうなんだ!」「これは社会思想的にどうなんだ!」と専門家が怯えるわけですよね。

吉本　はい（笑）。

――そこで怯えることによって、過小評価したり、過大評価したりしてしまうという（笑）。だからみんな吉本隆明に怯え過ぎているという感じがするんですよね。これは吉本さんの詩的営為であり、文芸批評的な営為であり、その中におけるひとつのプラクティスなんだよと。

吉本　ええ、そうなんです。だから本当言うと、言語っていうのはこういうもんなんだよって言った人も、そこから考察した人も、ほんとはいないんですよね。たとえば専門家は「この言葉に対する考え方がちょっと違うじゃないか」とか、「文法的に言うとなってないじゃないか」とか、「ときどき順序が違ってたりするじゃないか」と言いたいんだろうけど、それはそうではなく、ちゃんと筋が通ってて、それから例も挙げろというんならばすぐにも挙げられますよと。そこを過小評価してもらっては困るというのはありますけどね。

——だからオリジナリティという点で言えば、専門家は誰ひとりそんなことは創り得ていないわけで。吉本さんは、喩えるなら何もない荒野に家を建ててしまうわけですよ。ただ、その家だけを論じてもしょうがないわけで、そういう家がいっぱい建っている街の中で吉本さんが何をやろうとしているのかっていう俯瞰した視点がないと、一個一個の建物も何の意味を持っているのかよくわからないんですよね。そうした吉本さんのグランドデザインを見ないとダメだと思うんですけど、みんななかなか見ないですよねえ。

吉本　ええ、そうですね、それは見てくれないですね。見てくれないし僕の文章は悪文ですから、たとえばこれをわざわざ翻訳して、どうだこうだと言ったって、何とも思わんでしょうし。ただ別に評価してくれるもくれないも、そんなことは第一義的な問題ではなく、いろんな結果や評価があってもなくても、ここまでは考えたなあっていうのはありますから。それはあんまり人に「どうだ」って言ったって仕方がないことだという気持ちではありますね。

――だからこそ今の吉本さんは、むしろ『共同幻想論』『言語美』そして『心的現象論』において考えられていた、「社会って何だろう?」「言語って何だろう?」「心って何だろう?」という基本的な疑問を有機的に組み合わせながら繙いていくという、今そういう状況になってらっしゃるっていうのは、すごく幸福なことですよね。

吉本　ええ、我ながら、自分と自分との問答みたいなところでは、相当幸福なのかもしれません(笑)。

あとがき

渋谷さんとのこの対話の本は、わたしにとっては、文学と思想のあいだについて、戦後の可成り初期から近年にいたるまでのわたしの考えたこと・書いたことの主脈の変遷を一目でたどれるように択ばれている。渋谷さんのロック音楽家とのインタビューや論議の色合いの面白さは雑誌『ロッキング・オン』時代から読んでいて（よく）知っていた。関連して言えばこの本の対話でもわたしの本をていねいに読み直して要点をおさえていることが直ぐに分かるほど、無駄のないさばき方で、わたしは安心してそれに乗っかればよかった。訂正も（一個処だけで）必要なかったことを告白しておきたい。わたしに対してへり下っておられるところが気にかかった唯一の点であった。

定かではないが、わたしが渋谷さんにはじめてお目にかかったのは、通信社の記者につれられて、「ゼルダ」という女性だけのロック・グループのライブの会場だったと記憶している。それかあらぬか歌も身のこなしも見事だった忌野清志郎たち、ビートたけしたちのライヴにも何回か出かけた。わたしは音痴のせいで音のほうは駄目なのだが、雰囲気に惹かれて、学校筋では後輩ともいえる遠藤ミチロウさんたちのグループ「スターリン」のパフォーマンスにも度々出かけた。聴衆の中に頭から先にダイビングする姿は忘れ難い。この本もまた渋谷さんが頭から先にダイビングしていただいた賜物だと言っていい。感謝はつきない。

二〇〇七年五月　　　吉本記

初出

第一章 『固有時との対話』『転位のための十篇』
SIGHT第21号 2004年10月号

第二章 『マチウ書試論』
SIGHT第22号 2005年1月号

第三章 『高村光太郎』
SIGHT第23号 2005年4月号

第四章 『芸術的抵抗と挫折』
SIGHT第24号 2005年7月号

第五章 『擬制の終焉』
SIGHT第25号 2005年10月号

第六章 『言語にとって美とはなにか』
SIGHT第26号 2006年1月号

第七章 『共同幻想論』
SIGHT第27号 2006年4月号

第八章 「花田清輝との論争」
SIGHT第29号 2006年10月号

第九章 『心的現象論』
SIGHT第31号 2007年4月号

吉本隆明　よしもと たかあき

1924年、東京生まれ。詩人・評論家。
1947年、東京工業大学卒業。

著書に『マチウ書試論』
『言語にとって美とはなにか』
『共同幻想論』など多数。

近著に『真贋』（講談社インターナショナル）
『思想のアンソロジー』（筑摩書房）など。

インタヴュー　渋谷陽一

装幀　　　中島英樹
編集　　　洪弘基
編集補助　武藤瞳　川原靖子

インタヴュアー　あとがき

すでに優れたインタヴュー集がいくつも出版されている状況で、あえて文芸や思想と無縁の僕がこうした本を編んだのは、まさに文芸や思想と無縁であるが故に可能なアプローチがあるのではと考えたからだ。読者として吉本隆明の著作と向きあって30年以上になるが未だに多くの本は難解であり、吉本思想の十分の一も理解できていない自覚がある。しかし、僕にとって吉本隆明の影響は巨大であり、吉本隆明が居なければ自分で雑誌を創刊しなかっただろうし、今のように出版社を経営することもなかっただろう。きっと僕のような読者は多いのではないだろうか。というより、乱暴な言い方をするなら、そうした読者がほとんどではないのか。僕らは、その難解な論理を理解できなくても、吉本隆明を感じることができ、その感じたことにより人生を決定されるような影響を受けてきたのだ。その一般的な読者の視点からインタヴューし、著作を振り返ることによって、読者にとっての吉本隆明を浮かびあがらすことが出来るのではと考えたのである。無知であることを恥じない開き直った姿勢が、何か有効であるような勝手な確信があった。吉本さんは、そうした僕のアプローチに辛抱強くつき合い、丁寧に分かり易い言葉で自らの思想を語って下さった。正直に言うなら、取材の度に吉本さんの貴重な時間を無駄にしているのでは、という後ろめたさを感じていた。それでも、自分の後には多くの同じような読者が居るはずだという思いのみで何年も続けてきた。言うまでもないが、この本で取り上げたのは初期の著作である。このシリーズは、雑誌「ＳＩＧＨＴ」で連載が続いている。興味のある方はそちらも読んでいただきたい。

渋谷陽一

吉本隆明の本

消費の中の芸 —— ベストセラーを読む

　吉本隆明は『マディソン郡の橋』を、『ねじまき鳥クロニクル』を、そして『千のプラトー』をどう読んだか？ 哲学書から漫画まで、文芸小説からタレント本まで、縦横無尽に書き綴った珠玉の評論集。

定価：1,700円（税込）

吉本隆明×吉本ばなな

　吉本家の日常を赤裸々に告白した究極の親子対談本。家族ってなに？ 親子ってなに？ 日本一文学偏差値の高い親子が初めて明かした吉本家の謎の数々。

定価：1,500円（税込）

吉本隆明　自著を語る

二〇〇七年六月三十日　初版発行
二〇一二年四月二十七日　第二刷発行

著者　吉本隆明
発行者　渋谷陽一
発行所　株式会社ロッキング・オン
〒一五〇-八五六九
東京都渋谷区桜丘町二十-一
渋谷インフォスタワー十九階
電話　〇三-五四五八-三〇三一
印刷所　大日本印刷株式会社

万一乱丁・落丁のある場合は、
送料当方負担でお取り替え致します。
小社書籍部宛にお送りください。

ISBN978-4-86052-066-3
価格はカバーに表示してあります。